大唐狄公案

A JUDGE DEE MYSTERY

03

# 铜钟案

# THE CHINESE BELL MURDERS

［荷］高罗佩 著
张凌 译

上海译文出版社

Robert van Gulik

**THE CHINESE BELL MURDERS**

**图书在版编目(CIP)数据**

铜钟案 / (荷) 高罗佩 (Robert van Gulik) 著；张凌译. -- 上海：上海译文出版社, 2025. 8. -- (大唐狄公案：文库本). -- ISBN 978-7-5327-9895-7

Ⅰ. I563.45

中国国家版本馆CIP数据核字第202565S4Q8号

**铜钟案**

(荷)高罗佩 著　张凌 译

责任编辑 / 顾真　装帧设计 / 赤祥

上海译文出版社有限公司出版、发行

网址：www.yiwen.com.cn

201101　上海市闵行区号景路159弄B座

苏州市越洋印刷有限公司印刷

开本 890×1240　1/64　印张 7.375　插页 2　字数 126,000

2025年8月第1版　2025年8月第1次印刷

印数：0,001—8,000册

ISBN 978-7-5327-9895-7

定价：35.00元

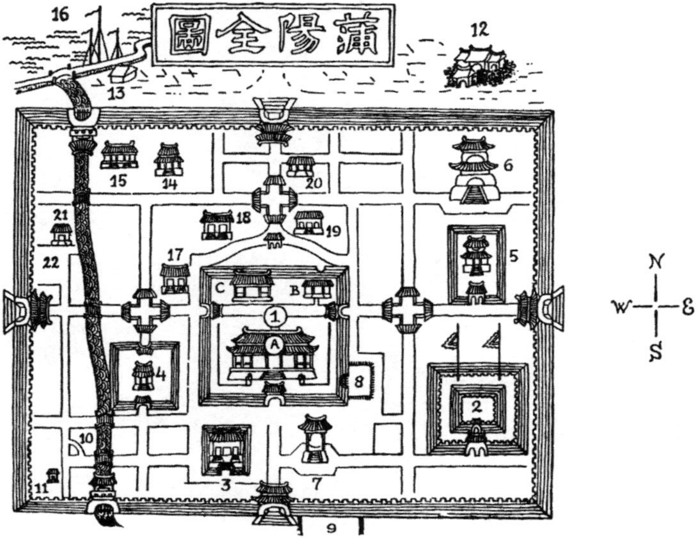


蒲阳全图

1. 县衙　2. 军塞　3. 城隍庙　4. 孔庙　5. 关帝庙　6. 鼓楼　7. 钟楼　8. 围栏
9. 法场　10. 半月街　11. 梁宅　12. 普慈寺　13. 林家田庄　14. 圣明观　15. 林宅
16. 大运河　17. 鲍将军府　18. 万法曹府　19. 凌宅　20. 文宅　21. 翠羽阁　22. 鱼市

# 荷文本导言

托马斯·范古利克

“我们很高兴出版这些小说，但是会删掉插图。”一位计划出版狄公案系列小说的外国出版商曾对我这样说道。我询问为何如此，回答是它们不符合现代书籍插图应有的模样。此言倒是不虚，因为这些配合小说内容的插图，是高罗佩依照中国明代风格自行绘制的。于是，说服这位出版商的责任就落到了我的头上，要让他确信插图与小说是紧密联系在一起、不可分割的，如果删去插图的话，整个作品的真实性将会在某一方面出现重大缺失。书中插图已然成为狄公案系列小说的标志，尤其是狄公头戴乌纱帽、长髯飘飘的形象。

这些插图虽然以明代风格绘制而成，但是狄公本人实则生活在七百年前的唐朝。狄仁杰在中国历史上确有其人，作为判官，着实智断过一些错综复杂的案件。高罗佩曾在荷兰莱顿大学深研汉学，二十四岁进入海牙外交部工作。当他被派到荷兰驻东京使馆首次任职时，在一家旧书店里偶遇狄公。在蒙尘的书架上，他发现了一本很不寻常的十八世纪的小书，正是关于这位中国传奇判官的故事（即《武则天四大奇案》）。由于一时兴起，他买下了这本书，但是起初并未多加留意。

高罗佩之所以后来对狄公传奇产生更大的兴趣，纯属机缘巧合。1941 年珍珠港事件爆发，对日本正式宣战后，盟国外交使团纷纷撤出日本并交换外交代表。所有奉命撤离的外交官登上“龙田丸号”汽船，预备从横滨途经上海、西贡和新加坡前往非洲。每人只许携带一个箱子，高罗佩从书房里抓了几本中文书塞进自己的行囊，其中一册就是这本十八世纪的狄公案小说。

在荷兰驻中国战时首都重庆的使馆工作时，高罗佩再次翻开这本小书，书中讲述了狄公智断三桩疑案的故事。作为一名侦探小说的狂热爱好者，他被这部中国公案小说深深吸引，并决定将其译成英文。他想要向西方国家展示中国拥有自己的侦探小说风格和自己的福尔摩斯，甚至连华生也一应俱全。1949 年，当第二次在荷兰驻东京使馆工作时，他出版了英译本《狄公案》，限量印制一千二百册并附签名。具有中国风格的封面图由他亲自画成，描绘的是开堂审案的情景：身为县令的狄公端坐在铺有红布的高大案桌后面，随从侍立一旁，案桌前方横躺着一个被控杀人的年轻女子，上身裸露，双臂被紧拷在可怕的刑具上，正在遭受残酷的刑讯。他采用日本的雕版印刷技术将其印制成彩图，此书如今已成为收藏家眼中的珍品。

几年之后，狄公也变成了高罗佩笔下的主角人物，这是因为在英译本出版之后，他收到了许多热情的回应，受此鼓舞，于是将这位唐代大侦探写入自己创作的小说之中。通过真实中国背景下的精彩故事，他将自己掌握的有关中国文化与历史的丰富知识分享给狄公案小说的读者。

《铜钟案》是高罗佩创作的第一部狄公案小说，最初用英文写成，当时他正在荷兰驻东京使馆第二次任职。在此书中，他保留了中国公案小说的传统风格，即作为县令的判官同时勘查几桩案件，身边还围绕着众多大大小小的人物。这份英文稿被译成了日语，拿给一个日本出版商过目，结果出版商认为不宜采用，理由是书中对佛教有着不光彩的描写，这一点在佛教盛行的日本将难以被大众接受。他把书稿塞进书桌抽屉里，开始动笔写第二部小说《迷宫案》。此书又拿给日本出版商过目，这次出版商非常高兴，但是建议为了有利于销售，应在封面使用裸女图。高罗佩只表示如果能找到原版古画的话，就会依言而行，由此意外发现了当时不为人知的明代春宫册。他效仿找到的图样，同时严格遵循明代风格，为封面画出了一个裸女的形象，此图成为他后来绘制的其他狄公案小说插图的样本。

对于高罗佩来说，从事外交工作之余，写一部狄公探案新作是一种令人愉快的消遣。绘制插图是其中一项重要工作。他遵照明代书籍绣像中通用的白描手法与透视方式，在白色的A4纸上画出初稿，再用绘图笔加以描绘，直到令人满意为止，由此产生的结果就是书中插图大都有多种版本，即使一本小说已经出版，他还是会对某些插图做出修改。回首当年，我时常看着父亲坐在书桌前专心画画，嘴里总是叼着一根香烟，令我惊异的是他总能将烟灰及时抖落在烟灰缸里，免得掉到透写纸上损坏了图样。如果此事确实发生了，我就会得到一张可以用彩笔来填色的图画。

从1956年到1964年，海牙的范胡维出版社在荷兰首次出版了狄公案系列小说，父亲利用书中的插图，亲自设计了每一本书的封面。《铜钟案》出版于1960年，封面选用第188页的插图，印成蓝白两色。一人多高的古老寺钟已被撬起，狄公与几名随从发现钟下竟藏有一具人尸，半掩在厚积的尘土中，经过白蚁蛆虫的啃噬，唯余根根白骨。为了勘破这桩陈年旧案，狄公必须殚精竭虑以对之。

2015年8月

# 前言

高罗佩

《铜钟案》是在美国出版的第一部狄公案系列小说。另一部《迷宫案》曾分别用日文（讲谈社，东京，1951 年）、中文（南洋出版社，新加坡，1953 年）与英文（范胡维出版社，海牙，1956 年）出版。

狄公是中国古代著名判官之一，生活在公元七世纪时。此系列侦探小说的每一部，都是以狄公为中心人物，并由取材于中国古代典籍的三个案件改编连缀而成。

这一系列小说旨在向读者展示具有中国特色的侦探小说，即公案小说风格。公案小说已有几百年的历史，其中的人物形象，向来为中国人所认同并喜爱。

由于十九世纪不良传统的存在，西方侦探小说中仍会不时出现堕落的中国人形象，拖着辫子并吸食鸦片。鉴于这种状况，狄公案系列小说的推出则显得更加适时。笔者衷心希望读者将会发现，中国人在去掉烟枪和辫子之后，虽然衣着朴素，却是魅力不减，他们不但忠于职守、擅长推理，而且目光敏锐、洞见人心。

《铜钟案》发生在江苏省内的蒲阳县，此地名纯属虚构。本书开篇附有地图，后记中则有关于中国古代刑法、办案、审案过程以及中文素材来源的介绍。

# 目录

## 插图一览

A JUDGE DEE MYSTERY

**老龙** 裁缝，萧家邻居。

**王献忠** 秀才。

**杨朴** 王献忠之友。

**老高** 当地里长。

**黄三** 无赖闲汉。

**灵德** 普慈寺住持。

**了悟** 普慈寺原住持。

---

**梁科发** 梁欧阳氏之孙。

**林帆** 广州富商。

**盛八** 丐帮军师。

**潘县令** 武义县令。

**骆县令** 金华县令。

**阿杏** 金华妓女。

**青玉** 阿杏之妹。

# 人物表

**狄仁杰**：新任江苏蒲阳县令，人称「狄公」。

**洪　亮**：狄公的亲信家人，县衙都头，人称「洪都头」。

**马　荣**：狄公的亲信随从。

**乔　泰**：狄公的亲信随从。

**陶　干**：狄公的亲信随从。

**萧辅汉**：屠户。

**萧淑玉**：萧辅汉之女，遭人奸杀。

---

**鲍将军**：退职将军。

**万法曹**：州府退职官员。

**凌掌柜**：金匠行会首领。

**文掌柜**：木匠行会首领。

**梁欧阳氏**：广东富商之遗孀。

**梁　鸿**：梁欧阳氏之子，被路匪所杀。

LL MURDERS

# 第一回

赏古物行家逢奇遇
受任命狄公赴蒲阳

THE

CHINESE

BELL

MURDERS

一县之令，为父母官，
扶老济困，心怀仁善。
判冤决狱，惩恶锄奸，
纵有匡正，首须防范。

各位看官，敝人家居城内，世代茶商，后来退职还家不问店务，迁至城东门外的乡间别业住下，日子过得真个如闲云野鹤一般，忽忽已是六载，平日里最爱的消遣，便是搜集有关刑侦断案的前朝文献，如今终于绰有余暇，可以全力致此。

此时正值我大明盛世，天下太平，海内清晏，作奸犯科之事几近绝迹，若是想要搜集判官如何明察秋毫、勘破奇案的记述，就非得去翻阅前代史料不可。

我潜心投入这门学问中乐此不疲，不过数年工夫，便积累起了一笔相当可观的收藏，包括著名罪案记录、歹人常用的凶器、盗贼使过的工具以及其他种种与犯案有关的古董器物。

我最为珍爱的藏品之一，乃是一块乌檀木制成的惊堂木。此物曾为几百年前的著名判官狄仁杰所有，上面还刻有诗句，即如开篇处所示。据说狄公当年升堂理事时常用此物，为的是时刻提醒自己为国尽忠、为民效力。

开篇诗句乃是我凭着记忆所录下的，只因那块惊堂木已不复为我所有。自从两月前的一场骇人经历后，我不但全然放弃了刑侦研究，还将与此相关的所有藏品悉数除去，转而一心收集起青瓷来。如此宁静祥和又不沾血腥气的癖好，显然与我素喜平和的秉性十分相符。

不过，在我真正能静下心来安然度日之前，尚有一事须得料理。那些可怕的记忆始终萦绕心中，至今令我夜不安枕，非得设法将其摆脱不可。为了不再重复同样的噩梦，我必得道破那桩隐秘，它以如此诡谲的方式呈现于眼前，使我惊惧无已，甚至濒临疯癫，惟愿这骇人的经历终会淹没于忘川之中。

此时正值秋日清晨，我独坐于精巧雅致的花园凉亭内，眼看着最宠爱的两个小妾侍弄秋菊，纤纤玉手在花枝间轻盈摆动，令人赏心悦目。如此静谧美景之下，我终于可以壮起胆来追溯回想一番了。

话说八月初九那天——这日子我将永远铭记在心，正午时分，烈日当头，本已十分难耐，待到午后，天气愈发闷热起来。我只觉心中郁郁难平，到底还是打算坐轿出去走上一遭。轿夫询问意欲何往，我一时心血来潮，便吩咐去那刘掌柜的古董铺。

此店正在孔庙对面，名头倒是颇为响亮，叫作“金龙阁”。店主刘掌柜虽是个唯利是图的奸猾小人，做起生意来却十分在行，时常会替我寻来些与刑侦探案有关的古物，店内亦是收藏颇丰，令我常在其间欣然赏鉴，良久方归。

我迈步走入店内，却只瞧见一个伙计，对我道是刘掌柜颇觉不适，此刻正在楼上存放贵重藏品的房中。

我在彼处果然寻到了刘掌柜。他看去心绪不佳，满口抱怨头疼得很，还关起窗上的遮板，试图阻绝室人的暑气。如此半明半昧之中，原本熟识的房间似乎也变得古怪狞厉起来。我正欲告辞而去，一想到外面十分酷热，便又决意还是盘桓片时再走为上，于是让刘掌柜取几样东西来瞧瞧，一边在扶手椅上坐定，一边用力摇晃着鹤毛羽扇。

刘掌柜含糊支吾了几句，道是一时没有什么别致的玩意儿好供我赏鉴，四下环顾半日，方才从屋角端出一只黑漆镜匣来，放在我面前的桌上。

刘掌柜掸去镜匣上的尘土。我定睛一看，不过是一面普通的冠镜，即镶在方匣内的银镜，常是为官作宰者戴乌纱帽时拿来正冠用的。从漆面上遍布的细小裂纹来看，似是一件十分古旧的玩意儿，但又太过平常，对于行家而言价值无多。

忽然，我瞥见框边镌着一行嵌银小字，凑近细瞧，却是“蒲阳狄府之物”。

我一看之下喜心翻倒，几乎不曾惊叫出声，这定是著名的狄仁杰狄大人用过的冠镜了！记得史书有载，狄仁杰曾经就任江苏蒲阳县令，并智断过至少三桩疑案，可惜其中详情不甚了了。既然“狄”姓并不多见，那么这面冠镜无疑便是狄仁杰的旧物。我只觉浑身倦怠一扫而空，暗自庆幸刘掌柜一时眼错不见，居然没能识出这原是属于前朝著名判官所有的罕见古董。

于是我佯装漫不经意，朝椅背上一靠，让刘掌柜倒杯茶来。等他刚一下楼，我忙从座中跃起，俯身端详那只镜匣，又随手拉出镜面下的抽斗，只见其中赫然摆放着一顶折起的乌纱帽！

我小心地展开官帽，玄色薄纱已见朽腐，从缝线处抖落下细细一层微尘，除了几个被蠹虫蛀出的小洞外，倒是完好无损。我两手颤颤，虔敬地举起，这可是名垂青史的狄大人开堂审案时亲自戴过的乌纱帽哩！

天知道我是中了什么邪魔，明知僭越，却将这珍贵的古物套在了自家头上，还朝镜中看觑到底是何模样。由于年代久远，原本锃亮的镜面已变得晦暗无光，仅仅映出一团灰黑的暗影。不料突然之间，从黑影中显出清晰的轮廓，我分明看见一张完全陌生的人脸出现在镜中，面色憔悴，神情惨苦，喷火似的两眼正直盯着我。

说时迟那时快，只听耳边一声霹雳炸响，周遭立时变为昏暗，我仿佛堕入了无底深渊，全然不辨身在何处、此系何时。

我只觉自己在许多大块厚重的云朵间飘过。云朵渐渐幻化为人形，依稀可见一个裸身女子正在遭人强暴，却无法看清那作恶男子的面目嘴脸。我想要奔去阻止，却动弹不得，想要大声呼救，却又叫不出声，接着又被卷入一连串不可胜数的可怖情景之中，时而是无能为力的看客，时而又是惨遭折磨的受害者。我缓缓沉入一潭散发出异味的死水中，只见两个年轻女子前来救助，秀丽的容颜颇似我那两名爱妾。我正要抓住她们伸出的玉臂时，又被一股强劲的潮水卷走，在泛着泡沫的漩流中不停打转，并渐渐下沉，最终陷入漩涡中央，回过神时，发觉自己已被禁锢于一个黑暗狭小的所在，一股难以抗拒的强力正无情地从头顶上直压下来，我拼命挣扎着想要逃脱，周遭所能触及的却只是滑不留手的铁墙。正当我快要窒息时，这股强力忽又消失不见，我贪婪地大口呼吸着新鲜空气，正想要离开时，又惊恐地发现自己手脚张开被钉在地上，手腕脚腕都被粗绳缚住，绳头的另一端隐入迷蒙的灰雾之中。随着绳子渐渐收紧，我感到极度的痛苦传遍四肢百骸，一阵无名的恐惧攫住我的心，这分明是要被处以五马分尸的极刑了！我挣扎着大叫出声，随即醒转过来。

原来我竟是躺在刘掌柜店内的地上，浑身汗出如浆，刘掌柜正跪坐在一旁，失声唤个不停。古旧的乌纱帽从我头上滑落下来，掉在破镜的碎片之中。

在刘掌柜的扶掖下，我勉强从地上起来，浑身颤抖坐倒在圈椅内。刘掌柜赶紧端来一杯茶水送到我的嘴边，道是他刚刚下楼要去倒茶时，只听一声霹雳，紧接着暴雨倾盆，他跑上楼来关窗户，却发现我已倒在地上人事不省。

我慢慢啜饮着香茶，好一阵子没有言语，然后方才絮絮地告知刘掌柜说我原有此疾，不时便会突然发作云云，又让他去找那几名轿夫来。我冒着倾盆大雨坐轿回家，虽然轿顶上覆了一张油布，到家时仍然淋得如同落汤鸡一般。

我径入房中，上床躺倒，只觉筋疲力尽，且又头痛欲裂。我那正室夫人见此情形，心中十分忧惧，便派人去唤大夫前来。及至大夫赶到时，我已是满口胡

赏古物行家逢奇遇

话、神志不清了。

其后的一场大病，害得我卧床不起足足一月有余。大夫人坚称我之所以能够康复，全是她每日去药王庙上香并虔心祝祷的结果，但我却以为两名爱妾更有功劳，正是她二人日夜不离地轮流守护在我的床头，并严遵医嘱小心地侍奉汤药。

当我渐次恢复到能够坐起时，大夫询问在刘掌柜的古董铺里到底发生过何事。我不愿重温那噩梦一般的经历，只答曰突感晕眩而已。大夫朝我投来古怪的一瞥，似是欲言又止，起身告辞时，却闲闲道是此种脑热一旦突发便甚为凶险，并且常是由于触及了某些与暴虐横死有关的古物而引起的，若是有人误近凶泽，这些古物散发出的邪气便会使其心神受到戕害。

送走这位目光如炬的大夫后，我立刻召来管家，命他将我收藏的所有刑名之物悉数装入四只大箱中，再转赠给大夫人的叔父黄老先生。虽然大夫人提起这位叔父时总是满口称颂，其人实是个生性刻薄、言行可憎之徒，且素以挑唆鼓动他人引起讼事为乐。我又修书一封附上，敬陈曰由于对他在刑名律法方面的广博学识深为景仰，特此将我收藏的所有刑名古物一并奉上，以表敬意。我必得申明一点，这位黄老先生曾经刻意玩弄字句，并利用律法条文从我手中骗去了一片良田，从此之后，我便对他怀恨在心，暗暗希冀不定哪天当他赏鉴把玩那些阴暗不祥的古物时，也会遭到与我同样骇人的经历哩。

我将狄大人的乌纱帽戴在头上虽然不过片刻工夫，其间遭遇感受到的种种，却是纷纭复杂、一言难尽，如今试图将其连缀成篇徐徐道出。至于我讲述这三桩前朝奇案时，到底有几分是在这离奇遭遇中真正经验过的，又有几分是高烧发作、神志昏迷时臆想出的，如此疑问将统统留给有心的看官去自行裁断，至于是否真有其事，我也无意再去故纸堆里费神查考。正如前文所述，如今我已全然放弃了研究古代刑名罪案，对于这些暴戾不祥的话题，不再发生任何兴趣，转而乐此不疲地沉湎于收集宋代青瓷了。

话说狄公又被外放到蒲阳。甫一到任的头天晚上，夜色已深，狄公仍坐在县衙大堂后面的二堂中，埋头阅读存档的文书。书案上立着两支硕大的青铜烛台，堆放着一摞摞账目卷宗，闪烁的烛光正照在狄公那身墨绿织锦官袍与光泽的乌纱帽上。他偶尔轻捋美髯，或是捻着长长的颊须，两眼却始终盯在面前的公文上。

狄公对面另有一张尺寸略狭的书桌，洪亮正坐在那边查阅案卷。他已是上了年岁之人，身形瘦削，留着蓬乱花白的髭须和细细一绺山羊胡，穿件褪了色的褐袍，头戴一顶便帽。洪亮想起此时已近午夜，自己倒是在午后睡过长长一个中觉，老爷却忙碌了整整一天从未稍歇，不由偷眼打量对面的高大人影。虽然明知老爷一向体格强健，但也不免有些担忧起来。

洪亮原是狄公父亲的家仆。狄公自从孩童时，便得他悉心照料，长大成人后上京应考入仕，后来又外放各地，洪亮亦是一路相随，这蒲阳已是狄公作为地方县令的第三处任所。狄公向来视洪亮为可靠的密友与谋士，时常与他毫无保留地议论各种公私事宜，洪亮的建言献策，亦使狄公获益良多。狄公已正式任命洪亮为县衙都头，因此人皆呼作“洪都头”。

洪亮浏览着一札案卷，心中暗想老爷端的是忙了整整一天。今日一早，众人抵达蒲阳城后，狄公立即去了衙院花厅，其余家眷仆从则前往位于衙院北面的内宅之中。大夫人在管家的襄助下，督管众仆将家什箱笼等物卸下，又搬运至各处妥善布置。狄公根本无暇料理家事，先从前任冯县令手中正式接了县印，礼毕之后，召见过一干衙员，上至主簿班头，下至狱吏守卫，午时又设宴为离任的冯县令饯别，然后依例将冯县令及其家眷一路恭送出城。返回县衙后，当地名流士绅前来恭迎道贺，狄公不得不又应酬一番。

狄公在二堂内匆匆用过晚饭后，便安坐下来，开始埋头翻阅公文，衙吏们从档房来回搬运皮制卷箱，亦是忙个不停。如此过了一二个时辰，狄公终于遣去衙吏，自己却仍是不肯歇息。

狄公到底推开了面前的账目，靠坐在椅背上，微微笑道：“洪亮，替我沏杯热茶如何？”

洪亮连忙起身去取茶盅，正在倒茶时，又听狄公说道：“这蒲阳端的是老天福佑之地。我如今得知这里土地肥沃，农耕兴旺，从无水涝旱灾，且又地处从北至南横贯我大唐的大运河边上，藉此获利甚多。西门外有一处良港，官船民船云集，南北过客来来往往从无稍歇，因此城内商行店铺亦是生意兴隆。又有一条河流穿城而过，与那大运河同样盛产鱼虾，使得穷苦百姓亦可得以过活。此地还驻有一座很大的军塞，为饭铺酒馆也提供了不少生意。本地百姓颇为富足欣悦，缴纳税赋亦鲜少拖欠。

“凡此种种，足见前任冯县令热心公事、精明强干。他将衙内所有簿册都收得井井有序，上面各项记录十分齐全。”

洪亮面露喜色，“这实在令人可喜。老爷上次就任汉源时，当地情形颇为棘手，我时常担心老爷劳累过度、伤了身子哩！”[1]抬手捻着山羊胡，又道，“我已翻看过刑名案卷，发现本地极少有罪案发生，除了几日前一桩忒嫌粗鄙的奸杀案之外，其他案件冯老爷均已具结完毕。老爷明日细细读过有关案卷后，自会看出只有几处尚未合榫，还有待梳理作结。”

狄公扬起两道浓眉，“尚未合榫之处，有时便会大成疑问，洪亮！此案到底是何情形，且与我说来听听！”

洪亮耸耸肩头，说道：“这案子倒是十分简单明了。有个姓萧的屠户，开了一爿小店铺，他的女儿被人奸杀在闺房之中。事后发现此女原有个情人，是个姓王的浪荡秀才。萧屠户状告秀才杀人，冯老爷查验

---

1 见《湖滨案》。——原注

过证据，又听取过证词后，断定其人确为真凶，但他却拒不认罪，于是冯老爷下令用刑，刑中再审时，那王秀才还没来得及招供，便已人事不省了。冯老爷离任在即，案子便审到此处。鉴于凶手已被拿获，且又证据充分，足可施以刑讯，此案实则已经了结。”

狄公捋着长髯若有所思，半晌后说道：“洪亮，我想听听此案的前后详情。”

洪亮面露难色，犹豫说道：“老爷，此时已近午夜，若是现在便去歇息，岂不更好些？明天有的是时间来议论此案！”

狄公摇头说道：“你方才一番简述，已经透露出令人起疑的不合之处。看过这些案牍公文后，我正想听一桩罪案用来醒脑哩！洪亮，你先给自己倒一杯茶，舒服坐下，再与我讲讲其中来龙去脉。”

洪亮心知拗不过，便依命回到桌前，查看了几页案卷，然后开口叙道：“就在十日之前，也即本月十七日，有个名叫萧辅汉的屠户，在城中西南角的半月街上开了一爿小店，午衙时涕泪交流地奔到大堂上，还有三名证人与他同去，一是城南里长，姓高，一是住在萧家对面的裁缝，姓龙，还有一个是屠户行会的首领。

“萧屠户呈上状纸，被告是一个名叫王献忠的秀才。此人家境贫寒，就住在萧家附近，如今被控扼死了萧家的独生女儿淑玉，并盗去一对金钗。萧屠户还说这王秀才与他女儿私下来往已有半年，今早不见女儿露面料理家务，寻到闺房中，才发现原是出了人命。”

“那萧屠户如果不是愚蠢透顶，便是贪婪下作！”狄公插言道，“他怎能纵容默许自己的女儿在家中与人勾搭成奸，直与私娼暗门一般无二！甚而发生强暴杀人之事，也就不足为奇了！”

洪亮连连摇头，“并非如此，老爷。在那萧屠户的诉状里，却是另有一番说法！”

# 第二回

狄县令重议奸杀案
洪都头惊闻意外辞

THE

CHINESE

BELL

MURDERS

狄公将两手笼在宽大的袍袖中，命道："讲下去！"

"萧屠户一直被蒙在鼓里，"洪亮接着叙道，"出事当天，方才得知女儿与人结有私情。萧淑玉平日独个儿住在一间阁楼里，在其中洗衣缝纫。这阁楼建在一座仓房上，与萧家店铺相隔不远。他家没有帮佣，所有家事全靠母女两个亲手操持。冯老爷已经查实，在淑玉姑娘房中即使大声叫喊，萧家及其左邻右舍也不会听见。

"至于那王献忠，本是京师名门望族之后，可惜父母双亡，又因族内纷争，从此落得一文不名，平日在半月街上教授周围人家的几个小小童蒙，方才得以勉强糊口，正预备秋闱入场。他在龙裁缝的楼上租了一间小阁楼，正巧就在萧家对面。"

“这一对男女何时开始勾搭成奸的？”狄公问道。

“大约半年前，”洪亮答道，“王献忠对淑玉姑娘心生爱慕，后来二人便幽期密约，在淑玉的卧房中私会。王献忠常是将近半夜时从窗口钻进去，天亮前再偷偷溜回住处。龙裁缝证实说约摸过了十天半月后，自己便觉察此事，不但狠狠训斥了王献忠一顿，还说打算告诉萧屠户。”

狄公点头赞许道：“龙裁缝所言甚是！”

洪亮翻看了一回卷宗，又道：“谁知那王献忠却是个奸猾之徒。他跪地苦求龙裁缝，说自己与淑玉姑娘确是彼此深爱，又发誓赌咒说一旦秋闱中榜，便会立即娶淑玉为妻，唯其如此才能备下一份像样的聘礼送给萧家，淑玉过门后也可衣食有着，还说如果此事泄露出去，他就会失去应试资格，从此不但一对有情人身败名裂、前程尽毁，而且还会贻羞父母亲朋，想来岂不痛杀。

“龙裁缝深知王献忠一向为学勤勉，秋闱中举十分有望，且又存了一段私心，一个前程大好的名门子弟居然看中了他家邻居的女儿，暗地里也不免颇为得意，于是答应将守口如瓶，并自我安慰说过不多久王献忠便会娶淑玉为妻，这一段儿女私情终会成为美满姻缘。另外，这龙裁缝从此暗中留神窥伺萧家，为的是查实淑玉并非水性杨花、行止不端，结果发现她当真只与王献忠一人来往叙话，并且除了王献忠之外，再无其他男子在淑玉的闺房四近逡巡打转。”

狄公呷了一口热茶，怒道：“话是这么说！不过照实说来，王献忠、淑玉与龙裁缝这三人行事都甚为不当，应遭严谴才是！”

“冯老爷亦曾提及此节，”洪亮说道，“不但严词责备龙裁缝的姑息纵容，还训斥了萧屠户几句，说他身为一家之主，不该如此粗疏大意。

“如今再说回十七日，龙裁缝一大早听说淑玉死于非命，对王献忠的怜惜呵护之意，立时转为切齿痛恨，于是奔去萧家，将二人的私情和盘托出。且听他本人的原话：‘都是我一时糊涂，没有早早揭破这桩丑事，谁知那姓王的狗头竟是勾引淑玉来满足他无耻的淫欲。当淑玉敦促他要明媒正娶时，他不但下狠手害了姑娘性命，还盗走一对金钗，以期另聘富家之女！’

“萧屠户听罢悲愤交加、忽忽如狂，托人请了高里长与屠户行会的首领前来。几人商议之后，认定王献忠便是真凶，于是由行头执笔写下一份诉状，然后一齐奔去县衙大堂。”

“王献忠那时人在何处？”狄公问道，“莫非已经逃出城去？”

“却是不曾，”洪亮答道，“王献忠立时便被拿获。冯老爷听罢萧屠户的控诉，便派了衙役前去捉人。那王献忠就在裁缝铺的阁楼上，午时已过，居然还在呼呼大睡哩。众衙役不由分说将他押到县衙大堂，冯老爷道是现有萧屠户告他奸杀盗窃，问他有何话说。”

狄公直起身来，两肘据案倾身朝前，急急说

道："我很想听听那王献忠是如何巧构辩词替自己开脱的！"

洪亮拣出几页文书，匆匆浏览后开言道："那厮倒是辩解得头头是道，要紧的一点是——"

狄公抬手示意，"不如听听王献忠自己的原话，你且将那笔录念来便是！"

洪亮面露惊诧之色，开口欲言，寻思一下却又止住，于是埋头看着文书，语气平板地读起王献忠的堂供笔录来：

"小生跪在大人堂前，自觉羞愧难当，往昔确曾引诱良家少女幽会偷情，犯下大错，在此供认不讳。说来原是小生暂居于一处阁楼之上，而那淑玉姑娘则住在半月街尽头一条冷巷的角落处。我每日里端坐课业，对面即是佳人香闺，每每有幸遥瞻她当窗理云鬓的婉娈之姿，心中不由情愫渐生，并暗自决意日后非她不娶。

“若是我当日深藏此念，耐性等到秋闱过后再相时而动，则将幸何如之！一旦前程有定，自可备下一份丰厚的聘礼，再请媒人前去说合，向淑玉之父转致我殷殷心意，既合于风俗礼法，且又风光荣耀，何愁好事不谐。不想一日里，我竟在里巷中偶然遇到淑玉，见她独自一人，便忍不住上前搭讪，言语往还之际，足见她对我亦十分有情。我本应正言规劝这天真无邪的姑娘才是，结果却与她约下后会之期，越发撩乱了一颗少女春心。过不多久，我便央求她在闺房中私会，哪怕一遭也好，她经不住我软磨硬泡，终于点头应允。在约定的当天夜里，我将梯子架在她的窗下，她开窗纳我入内。我二人未经成礼而初试云雨，其中欢娱自不待言，虽然明知此乃大悖天理人伦之举，一时却也顾它

狄县令重议奸杀案

不得了。

“欲火一旦点燃，便如干柴烈焰一般愈烧愈炽、再难平息，我与淑玉的幽期密约益发频繁。我生怕那梯子会被更夫或路人瞧见，便说动淑玉从窗口垂下一条长长的白布，并将一端系在她的床腿上，一旦我在下面扯动布条，她便会开窗助我攀爬上去。即使有人看见，也会以为是谁家洗晒的布匹晚上忘了收回房去。”

狄公听到此处，拍案怒斥道：“好一个狡狯的贼秀才！居然下作到如此田地，直是与偷鸡摸狗的盗贼一般无二了！”

“我已对老爷说过，那厮端的是个奸猾小人！”洪亮说道，“还是接着来听他的供词：

‘不料有一天，此事被龙裁缝看破。他

为人忠厚，威胁曰要去告诉萧屠户。这无疑是老天有意安排下的警示，但我一时愚钝，竟对此全不理会，只是一味苦苦哀求，最终龙裁缝答应自会守口如瓶。

‘此后我二人又私下来往了将近半载，直到老天对此行径忍无可忍，于是突然降下大祸，既惩罚了我这可悲的罪人，也毁了无辜的淑玉姑娘。我们原本约定十六日夜里在她房中相会，不巧当天午后，有个名唤杨朴的同窗好友前来造访，道是他父亲特意从京师寄来五两纹银权作生日贺礼，邀我同去城北的五味居小宴一番。我在席上一时贪杯，多喝了几盅，与杨朴道别后独自返回。夜风习习，十分凉爽，我只觉醉意甚浓，心想先回住处小睡一半个时辰，待酒力散后再与淑玉相会，不料却迷了方向。今早天快亮时，我方才醒转过来，发觉自己竟是躺在一座荒宅废墟旁的荆棘丛中。我挣扎着起身，只觉头脑昏沉，也没顾上留神细看周围便踉跄离开，走了半日方行至大街上。我径回住处，一头躺下沉沉睡去，直到老爷派的差官前来时，方才得知我那可怜的心上人竟已惨遭不幸。’”

洪亮停下望了狄公一眼，冷笑一声说道：“下面就是那道貌岸然之徒的最末结语！

‘若是老爷断定小生由于勾引良家少女，或是间接致其意外惨死而应遭极刑的话，甘愿身受，绝无异议。伊人既已逝去，小生纵然苟活世上，余生也将永远笼罩于浓黑悲戚的阴影之中，真真生不如死，也算从此解脱。但又念及真凶尚未伏法，且为了王氏一族的清白家声计，小生断然不能枉担这奸污杀人的罪名。'"

洪亮将文书撂下，用手指轻敲几下，说道："王献忠只承认引诱少女，却矢口否认杀人害命，显见得是企图逃脱应受的刑罚。他定已深知若是勾引良家少女，并且证实经她同意后而犯下奸情的话，须受五十大板，然而若是犯下杀人害命的勾当，则会被押至法场可耻地死去！"说罢满心期望看着狄公。

狄公却未置一词，慢慢品完一杯清茶，才又开口问道："冯县令对于王献忠的供词有何评议？"

洪亮翻看着卷宗，半晌后方才答道："那天在堂上，冯老爷并未继续盘问王献忠，而是立刻着手开始例行勘查。"

"此举甚是高明！"狄公赞道，"你能找出冯县令亲查现场的前后案录，还有仵作的尸格来么？"

洪亮展开另一张文书，"有了，老爷，这里便是详录。冯老爷带领随从去了半月街，在阁楼中见到淑玉姑娘的尸身。她四肢伸展躺在榻上，全身赤裸，一丝未挂，体格健壮丰腴，年纪大约十八九岁，面目扭曲，披头散发。床铺十分凌乱，枕头掉在地下，还有长长一条白布堆在地上，白布的一端正系在一条床腿上。衣箱的盖子开着，里面只有寥寥几件衣裙。床对面靠墙立着一只洗衣用的大桶，壁角处放着一张破旧的小桌，桌上有一面裂了缝的妆镜，一条木头脚凳翻倒在床前，除此以外，再无其他家什。"

"可曾发现了什么能透露出凶手身份的线索？"狄公插言问道。

"没有，老爷。"洪亮答道，"虽然细细搜过，却未能发现一丝线索。只寻到了几首题赠给淑玉姑娘的情诗，上面署有王献忠的大名。那姑娘虽然不通文墨，却还是将诗稿仔细地包裹起来，收在梳妆台的抽斗里。

"仵作验过尸体，道是淑玉姑娘系被人扼住脖颈窒息而亡，喉头处有两大片青紫伤痕，正是凶犯下狠手的地方，前胸手臂上还有不少瘀青肿胀之处，可见她曾奋力反抗过。仵作最后写道，有些迹象足证她在被人扼颈之时或是之前，曾经遭到奸污。”

洪亮迅速浏览过余下的部分，接着叙道：“随后几日里，冯老爷又不辞劳苦查验了所有其他证据，还派了——”

“这些姑且略过，”狄公插言道，“想必冯县令定是查得十分细致周详，只拣那要紧处念与我听听，譬如杨朴对于酒肆中的小宴有何说辞。”

“身为王献忠的知交好友，”洪亮答道，“杨朴证实了王献忠所言句句属实，只有一点略生异议，即他并不以为二人分手时王献忠醉得十分厉害，只是‘微有醉意’而已。还有，王献忠没能找到声称醉后醒来的地方。冯老爷可说是尽心尽力，派衙役带着王献忠走遍城中，查看过所有废宅，结果仍是徒劳。王献忠身上有几道刮擦过的痕迹，伤口颇深，衣袍也撕裂了几处，他辩解说是在荆棘丛中踉跄而行时留下的。

“然后冯老爷又花了两天工夫，彻查过王献忠的住处与其他地方，没能找到那一对被盗走的金钗。萧屠户凭着记忆画下了图样，这图样也附在此处。”

洪亮见狄公伸手示意，便从卷册中抽出薄薄一张画纸来，呈至狄公的书案上。

“好个手艺，”狄公赞道，“搭扣处还做成一对飞燕状，雕刻得十分精细哩。”

“据萧屠户说，这对金钗乃是家传之物，”洪亮说道，“据说谁要是用了就会遭遇不测，所以其妻一向锁在箱底。只因为数月以前，淑玉一力央告，非要戴上不可，萧大娘又无力购置别的首饰，这才取出给了女儿。”

狄公摇头叹道：“好生可怜的姑娘！”过了半晌，又发问道：“那冯县令又是如何最终定案的？”

“就在前天，冯老爷综述了所有收集的证据，”洪亮说道，“先说尚未找到失窃的金钗，但并不认为王献忠因此便能得以开脱，他自有充裕的时间可将金钗藏匿于不为人知之处。冯老爷虽也承认王献忠的辩解颇是有理有据，但又声言身为一个饱读诗书之人，能编排出一套听去十分可信的说辞，亦是意料中事。

“冯老爷还认定此案绝无可能是走街串巷的夜盗之流所为。众所周知，半月街上只住着些贫苦的小店主，即使有窃贼前往，也必会摸进萧屠户的店铺或是货仓里去，而不会选中小小一幢阁楼下手。并且王献忠与淑玉姑娘的幽期密约，除了二人与龙裁缝之外，并无他人知晓，这一点从一干证人的证词以及王献忠的供述中均可得到确认。”

洪亮抬头微微笑道：“那龙裁缝是个年近七旬的老叟，且又衰弱无力，自然不会在疑犯之列。”

狄公闻言点头，又问道：“冯县令在定案时如何措辞？如有堂录，你且读来听听。”

洪亮再次伏在桌上，埋头读起案卷来：

“被告再次大呼冤枉时，冯老爷拍案喝

道：‘你这狗头，如今本县已知真相！你离开酒肆之后，便径去了淑玉房中，几杯黄汤下肚后，方能壮起胆来，对淑玉道是你已心生厌倦，意欲从此断绝来往。你定是早有此念，只因生性怯懦，一向不敢说破而已。于是你二人起了争执，淑玉要出门去唤她爹娘来，你想要拽她回房，撕扯之间，你心中陡生恶念，使出强力奸污了她不说，还下狠手害了她的性命。犯下如此罪行后，你又在她的衣箱中乱翻一气，并盗去那一对金钗，使得此案看来似是盗贼所为。还不从实招来！’”

洪亮念完后，抬头又道：“王献忠仍是一力叫屈，冯老爷便命衙役给了他五十重鞭。抽到三十下时，王献忠昏厥在地。衙役端来热醋置于他的鼻下，人虽醒转过来，却已是心神涣散，冯老爷没法再问下去，当天晚上又来了调任官文，因此他无暇结此铁案。不过，冯老爷在堂审笔录的最末处匆匆写下了几句批语，算是陈述个人之见。”

“且让我看看这批语，洪亮！”狄公说道。

洪亮将案卷完全展开，然后呈给狄公。

狄公接过案卷，凑到眼前，大声读道：

“本县细思过后，认定秀才王献忠罪行属实，并无疑义。待其招供后，窃以为应典以重刑处死。蒲阳县令冯毅顿首。”

狄公将案卷慢慢卷起，信手拈起一方翡翠镇纸，拿在手里把玩。洪亮立在书案前，望着狄公若有所待。

只见狄公蓦地放下镇纸，霍然起身，直盯着洪亮说道：“冯县令一向谨慎干练，之所以会如此草率地了结此案，想来皆是由于离任在即、事务繁多所致。如果他能有时间从容细究案情的话，定会得出完全不同的结论。”

狄公见洪亮面露疑色，淡淡一笑又道：“那王献忠虽是一个生性懦弱、全无担当的后生，理应受到重罚，但他并未杀人害命！”

洪亮张口欲言，狄公却抬手示意，“我姑且言尽于此，不日便会提审案内一干人员，并亲自勘查案发之处。明日午衙开堂时，我将会再审此案，到时你自会明白其中缘故。且罢，不知此时几更天了？”

“回老爷，已是午夜过后多时。”洪亮满面疑云，“老实说，我是看不出这案子有何破绽，待到明日头脑稍稍清醒些，定要从头至尾再读一遍案录不可！”说罢缓缓摇头，取下一支蜡烛，预备为狄公照亮。通向北院内宅的穿廊中，此刻已是一片漆黑。

不料狄公却按住洪亮的手臂，说道：“毋须烦劳，洪亮！此时深更半夜，我不应再去搅扰家人，他们个个都劳累了一天，你也是一样辛苦！如今你回房自去歇息，我就在这二堂的长榻上躺下便是，就这么办，且去睡个好觉吧！”

# 第三回

初升堂狄公查庶务
游市井陶干报奇闻

THE CHINESE BELL MURDERS

次日黎明，洪亮将早膳送至二堂时，见狄公已盥洗完毕。

狄公吃了两碗米粥和些许腌菜，洪亮又沏了热茶端上。及至晨曦初现，红霞映窗，洪亮方才吹灭蜡烛，又助狄公换上厚重的墨绿织锦官袍。狄公见家仆已将冠镜摆在一张条几上，心中十分满意，伸手拉出镜面下方的抽斗，取出乌纱官帽来套在头上，又对镜仔细戴正。

与此同时，众衙役推开镶有黄铜门钉的衙院正门，虽然时辰尚早，外面却已聚集了许多百姓。萧屠户之女被奸杀一案惊动了一向平静的蒲阳城，人人都急于目睹新任县令将如何了结此案。

守卫敲响了门口的铜锣，前来观审的百姓从庭院鱼贯涌入大堂，目光尽皆集中于对面的高台处。只见案桌上铺了大红织锦，新任县令将从彼处出堂亮相。

主簿已将县令须用的一应物事在案桌上放置妥当。右手边是两寸见方的大印以及印泥，正中摆着一方双墨池的砚台并两支毛笔，以备朱墨二色之用，左手边则是书办用的空白纸张格目。

六名衙役分作两列，彼此相向立于案桌前，手持长鞭、锁链、夹棍等刑具，令人望而生畏，班头则站在几步之外，离案桌稍近。

后墙上的帷幕终于被拉开，只见狄公迈步走出，在扶手椅上坐定，洪亮立在一旁。

狄公缓捋长髯，朝人头攒动的大堂环视片刻，一拍惊堂木，宣道："早衙升堂！"

众人见狄公并未伸手去取朱笔，不禁大失所望。既然不提朱笔，就是不打算批了令纸去牢里提人。

狄公命主簿将有关县衙例行公务的记录簿册拿来，从容翻看过后，又叫班头上前，与他核对衙内人员的薪俸支兑数目。

只见狄公浓眉一皱，愠怒地盯着班头，喝道：“居然少了一贯钱！你且说说弄到哪里去了。”

班头支吾半晌，到底也说不出个子丑寅卯来。

“既然如此，这一贯钱就从你的俸钱中扣除了账。”狄公断然命道，朝后靠坐在椅背上，品了半日洪亮端上的香茶，见堂下无人投状鸣冤，于是又一拍惊堂木，宣布退堂。

狄公刚一离去，堂下看众立时议论起来，失望之声不绝于耳。

“散了散了！”衙役们高声叫道，“该看的你们都已看在眼里，如今快快离开此地，我等还有公务在身，休得耽误工夫！”

待到众人散尽，班头朝地上啐了一口，丧气地摇一摇头，对几个年轻衙役悻悻说道：“你们尚且年轻力壮，还是趁早另谋营生去的好些，在这天杀的蒲阳县衙里，只能低三下四地讨生活！我等伺候了冯老爷整整三年，他已算是个难缠的，少了一锭银子就要过问。我总以为自己已是十分尽心尽力，谁承想新来的狄老爷居然变本加厉，为了区区一吊钱就要大发脾气，你我除了暗求老天保佑还能怎的！如今在衙门里行走竟是如此艰难，你们倒是说说，为何那些个贪财纳贿又容易糊弄的县老爷，偏生从不驾临蒲阳县呢？”

正当众衙役私下埋怨之时，狄公已换过舒适的家常衣袍，从旁襄助者乃是一名瘦削男子，身着蓝袍，腰系褐绦，一张容长脸面，神情常是阴郁，左颊上生有一块铜钱大小的黑痣，上面还冒出三根长约数寸的乌黑毫毛。

此人姓陶名干，亦是狄公的亲信随从之一，以前专以坑蒙拐骗为生，流落江湖，四处漂泊。他精通各种行骗的伎俩，诸如给骰子里灌铅做手脚，草拟模棱两可的合同文书，伪造印章，模仿笔迹，溜门撬锁等等，几年前曾经身陷危境，幸遇狄公解救才得以脱困，从此便改邪归正，投在狄公门下，忠心耿耿跟随左右。他头脑灵活、颇富机变，且又天赋异禀，专会识破各种做假藏奸的骗局，凡此种种在狄公办案时均助益良多。

狄公在书案后刚刚坐定，又有两条彪形大汉走入行礼，二人一式褐袍黑绦，头戴一顶黑便帽，正是另外两名亲随马荣乔泰。

马荣身高六尺开外，虎背熊腰，一张阔脸刮得干干净净，只留着短短的髭须，虽则膀大腰圆，行动处却甚是轻捷利落，足见拳脚功夫不凡。他早年曾做过一个贪官的保镖，当那人要强行勒索一个寡妇的钱财时，马荣一怒之下出手教训，差点要了对方性命，于是只得逃入山林，从此做了绿林好汉——即劫掠财物的剪径强人。他曾在出京路上截住狄公及其随从，却被狄公的人格所打动，从此弃暗投明，甘愿竭诚效命。[1]他勇猛胆大、膂力过人，因此常被狄公派去捉

1 见《黄金案》。——原注

拿要犯，或是从事其他危险的活计。

乔泰是马荣当年的绿林兄弟，其拳脚功夫虽比马荣稍逊一筹，却擅长舞刀弄剑，箭法也极精，更兼耐性十足、坚忍不拔，办案时尤为难能可贵。

“来来，两条好汉，”狄公说道，“想来你们已在蒲阳城内走过一遭，对各处情形也已大致看在眼里了。”

“回老爷，前任冯老爷定是个好官。”马荣禀道，“此地百姓大都殷实富裕、心满意足，饭铺酒馆里菜肴鲜美，价格也甚为公道，本地所出的水酒亦是上好佳酿。看来我们大可在此地逍遥快活几年了！”

乔泰欣然表示赞同，但是陶干一张瘦长脸上却似有疑色，半日不曾言语，只用手指慢慢捻着颊上的三根长毫。狄公瞥了他一眼，发问道：“陶干，你有什么异议不成？”

“不瞒老爷说，”陶干开口说道，“我还当真遇到一桩耐人寻味之事，看似大有隐情，值得查访。

“我每到一处，总是习惯于先探得本地财源之所在，于是便去了几家茶坊里小坐，很快便得知城中虽有十来家做水运生意的富户，还有四五个家有万顷良田的庄主，但是比起北门外普慈寺的住持灵德法师来，只不过是九牛一毛而已。那普慈寺格局宏大，刚刚修缮一新，灵德法师乃是一寺之主，手下有六十名僧人，但这群和尚既不吃斋也不念佛，整日里吃肉喝酒，日子过得穷奢极侈。”

“若论私意，”狄公插言道，“我并不想与僧众一流打甚么交道。孔圣先师及其门徒留下的儒家教义，对我而言已是足够睿智完满，至于那些天竺缁衣僧人传来的外邦学说，我并无意涉猎。不过，既然朝廷认为佛教对于百姓具有劝善之功，并对僧众寺庙格外加恩庇护，佛门兴盛亦合于当今圣意，想来你我还是不要妄加苛责的好！”

虽有狄公一番告诫，陶干却兀自不肯罢休，稍稍迟疑后又道：“我说那灵德法师富有，是说他富得好比财神爷哩！据说那些和尚住的僧房，如同王公贵胄的宫室一般华美，大雄宝殿内的法器也皆是纯金所制，还有——"

"无须赘述这许多，"狄公正色道，"说来说去，也无非是些传言而已，并不足信，且拣那要紧的讲来！"

陶干说道："老爷明鉴，我尚且不能说有十足把握，但很是怀疑这普慈寺的钱财，乃是由一桩见不得人的勾当聚敛而来的。"

"听你这话，"狄公说道，"倒是勾起了我三分兴致，长话短说，接着道来！"

"这普慈寺之所以财源滚滚，"陶干叙道，"人人皆知是托赖一座观音像，如今就供在大雄宝殿内。此像用檀香木雕成，已有百年之久，几年前还立在一座破败的佛殿中，四周是荒草丛生的废园，向来冷冷清清。寺内只有三名僧人，就住在旁边的简陋茅棚内。由于前来拜佛的人寥寥无几，香火钱还不够那三个和尚每日吃碗薄粥，因此他们白天还得端着钵盂走街串巷地化缘，方能勉强过活。

“大约五年前，一个行脚僧来到此庙，虽然只裹了件破烂僧袍，却是身材高大、相貌堂堂，仪表甚为出众，自称法号灵德。又过了一年，众口相传那檀木观音像十分灵验，凡是未有子女的夫妻，只要去庙里许愿祝祷，回家后便能生儿育女。灵德从此以寺中住持自居，并坚称前来求子的妇人，须得在大殿内的观音像前虔心默祷一夜方可。”

讲到此处，陶干朝众人溜了一眼，接着又道：“为了谨防流言蜚语，每当妇人进入大殿后，那灵德法师便亲自贴上封条，将殿门封起，还要求其夫在封条上盖印为记，并留在寺内的禅房中过夜，第二天早起，再由其夫亲自揭封开门，归家后便能得偿所愿。从此观音送子的名声远播，周围尚无子嗣的人家纷纷前来参拜，如愿后无不感激涕零，并将各种贵重礼品以及大笔香火银子送至寺内。

“灵德法师后来不但将大殿修缮得富丽堂皇，还新建了不少僧房，寺内僧人也很快增至六十多名，原先的废园亦是面貌迥异，如今筑有假山鱼池，十分美观，去年又加盖了几座雅致的亭阁，以供在寺内过夜的女子们歇宿。他还命人在整个寺院周围筑起高墙，并修了一座金碧辉煌的山门殿，足足有三层高，半个时辰之前我才刚刚瞻仰过哩。”

陶干略停片刻，等狄公发话评议，见未有回应，便又说道：“不知老爷听了做何感想，如果正巧与我所见略同的话，显然对此种情形不可坐视，须得有所设法才是！”

狄公轻捋长髯，沉思说道：“世间万象，纷纭复杂，难免有那匪夷所思、不可以常情论者，我亦不能贸然断定观音像有此法力必是无稽之谈。不过，既然一时也没甚要紧的公事派你去办，你不妨多去打探些有关普慈寺的消息，再适时回来禀告。”

狄公倾身向前，从书案上拿起一卷文书，又道：

“这便是半月街奸杀案的详细案录。此案尚且悬而未决，昨晚我与洪都头议论过一番，还望你们几个今早都拿去读过。我预备在午衙开堂时要提人听讼，届时你们自会发现——”

就在这时，忽见内宅管家走入，躬身作揖三下，开口禀道：“大夫人命小人前来传话，不知老爷今早能不能抽出空来，去内宅里看看各处布置得是否妥当。”

狄公苦笑一下，转头对洪亮说道：“自从我们抵达蒲阳城后，我还从未踏入过自家院门半步哩！怪道夫人们都已心下不安起来。”

狄公站起身来，将两手笼在袍袖中，对几名亲信又道：“及到午衙开堂时，你等自会发觉若是将王献忠视为凶手的话，仍有几处小小的破绽。”说罢出了二堂，直朝穿廊走去。

# 第四回

王秀才上堂述异事
狄县令查案出官衙

THE

CHINESE

BELL

MURDERS

午衙开堂锣响之前，狄公返回二堂，见四名亲随已齐集等候。

狄公换过衣袍，戴上乌纱帽，迈步走入大堂。一眼看去，堂下仍是人满为患，连个插脚之处也没有，于是心知早衙虽则短促，却并未使蒲阳百姓们十分败兴。

狄公在案桌后落座，命班头带萧屠户上堂问话。

萧屠户走上前来。狄公打量一下，见他身量矮小，衣着简素，实是个忠厚朴拙的小店主。待萧屠户跪下后，狄公开言道："你家中遭此不幸，本县深感同情。前任冯县令明察秋毫，已训诫过你当家粗疏大意之过，在此无须重提，然而此案尚有几处疑点需要核实，因此还得过些日子方可具结，不过无论如何，定会还你一个公道，并将拿获真凶，为令女淑玉报仇雪恨。”

萧屠户低声谢恩过后，狄公示意左右将他引到一旁，翻看了几页文书，又命道：“带仵作前来！”

狄公打量了仵作一眼，看去似是个精明世故的青年后生，于是开口说道：“趁你记忆犹新，本县想问你几个有关验尸的问题，望你先将死者的身形特征概述一番。”

“启禀老爷，”仵作答道，“死者较之年纪相仿者，身量算得高大，且体格健壮，想是从早到晚忙于家事并在店中帮忙的缘故。她身板结实，并无形体缺陷，一看便是勤劳健康的女子。”

“你可曾仔细查看过她的两手？”狄公问道。

“自然看过。冯老爷对此十分留意，想要从指甲缝里找出些碎布丝线或其他物事，藉以推断凶手的衣着打扮。只可惜她的指甲很短，正如其他整日劳作的姑娘一样，结果自是一无所获。”

狄公闻言点头，又道："你在尸格中写道，在死者喉头处，有凶手掐扼时留下的青紫伤痕，还有指甲留下的印记，仔细说说这些指甲印是何模样！"

仵作思忖片刻，然后答道："那些指甲印的样子很是平常，呈半月形，没有嵌入肌肤很深，但也略有几处破了皮的地方。"

"以上所言的细节，亦应录入尸格之中。"狄公说罢，命仵作退下，又喝令带王献忠上堂。

衙役将王献忠带上前来。狄公锐利的目光一扫，只见这秀才身着蓝布长袍，身量中等，举止端庄文雅，但却胸脯干瘪、肩背佝偻，显见得整日伏案苦读，很少活动筋骨。细看脸面，倒是生得相貌清俊，宽阔的额头颇显聪慧，但口唇却透着软弱无力，左颊上有几道划破的伤痕，愈合得凸凹不平，甚是难看。

王献忠在案桌前跪定，狄公喝道："王献忠，好一个作奸犯科、有辱斯文的孔门败类！既然有幸读过圣贤书，并得蒙圣人教诲，却偏要妄用胸中学问去行那龌龊之事，专去引诱易于上钩的无知少女来满足你的淫欲不说，当心下兀自不足时，竟然还奸污杀人，罪大恶极，绝无可恕，必将依法严惩不贷。你的供词已收入案录中，本县读罢心中作恶，如今无意再听你狡辩，只是仍有几桩事由需要澄清，须得原原本本从实招来。”

狄公倾身向前，匆匆浏览过一页文书，又道：“你在供词中坚称曰十七日一大早睁眼醒来时，发现自己身在一座荒宅的废墟中。且将你当时所见详细道来！”

“老爷在上，”王献忠颤声答道，“请恕小生难以如命。那时日头尚未出来，熹微晨光中，只依稀见到似是断壁残垣中的几堆砖石，周围荆棘丛生，这两样东西小生倒是记得甚清。待我挣扎起身后，只觉头脑昏沉，两眼发花，一不留神绊倒在地，不但衣袍被棘刺划破，连身上脸上也伤了几处，心想还是赶紧离开这荒僻之地为上。隐约记得信步穿过几条小巷，一路

狄县令提审王献忠

低头凝思，试图整顿全神，想到害得淑玉白白空等了一夜——”

狄公丢个眼色，班头立即上前，对着王献忠掌嘴数下。

“休要胡扯枝叶！仔细留神回话！”狄公怒喝一句，又对衙役命道，“给我看看他身上的伤痕！”

班头一把揪住王献忠的衣领，将他从地上拽起，两名衙役上前用力扯下衣袍。由于三天前受过鞭刑的伤处尚未痊愈，王献忠颇为吃痛，不禁惨叫出声。狄公见他前胸手臂及肩头处有几道深深的口子，还有几处青紫瘀伤，于是对班头点头示意。衙役们按着王献忠重又跪下，却并未替他套上衣袍。狄公接着审道：“你说过与淑玉幽会一事，除了你二人和龙裁缝之外，再无他人知晓，这话显然不尽不实。你二人逾墙钻穴、鬼祟行事之际，怎知必不会被路人撞见？”

“回老爷，”王献忠答道，“小生每次出门前，总要前后左右小心看过，再侧耳细听有无脚步声。有时遇到更夫路过，我便耐心等他走远了，再悄悄穿街而过，钻入萧屠户店铺旁的冷巷中，到了那里就平安无事，即使有人经过半月街，我也可藏在暗地里不被发觉。唯有爬墙时最是危险，但淑玉亦会站在窗边，一旦瞧见有人来，便会出声提醒。”

“一个秀才居然在深更半夜里偷偷摸摸行此勾当，直是与窃贼一般无二！”狄公冷笑道，“如此景象，实在富于教益！罢了，你且仔细回想一下，可曾发生过什么令你生疑之事。”

王献忠寻思半晌，方才徐徐说道：“回老爷，记得大约半月前，小生着实受过一场虚惊。那天我正在龙裁缝门前四下张望，预备穿街而过，正遇见更夫巡夜，领头之人边走边敲着木梆子。我静等他们穿过整条半月街后，又绕过街角远去，方大夫开了一家医馆在那边，门前常亮着灯笼，故此能看得分明。

“我刚刚溜入街对面的冷巷中，忽又听得梆子声传来，似乎就在身后不远。我紧贴墙面立在暗处，吓得要死。这时没了动静，我心想更夫准以为我是个夜贼，随后定会大声叫喊起来，结果却是再无声息，周遭一片寂静。我等了半日，断定应是一时慌张听岔了，或是从哪里传来的回声作怪，于是放下心来，走到淑玉窗下拉拽布条示意。”

狄公转过头去，对站在一旁的洪亮低声说道：“这倒是头一回听说，务必记录下来！”又朝王献忠攒眉怒道：“你纯是浪费公堂时间！恁长一段路程，更夫怎会片刻即返？”又对主簿命道：“将案犯王献忠方才的口供笔录念与他听，确认无误后，再按印画押。”

主簿大声读出笔录后，王献忠承认确与本人所述相符。

“让他按了指印！”狄公对衙役命道，随即将文书推到案桌一角。

衙役上前一把拖起王献忠，将他的拇指在印泥中压了一压，又命他在文书上按下指印。

王献忠颤抖着依令而行时，狄公留意到他的两手纤长细瘦，一看便知不事劳作，还留着读书人喜爱的长指甲。

“将人犯带回大牢去！”狄公喝令一声，随即站起身来，恼怒地甩甩袍袖，下堂离去，只听身后响起一片议论声。

“散了散了！”班头高声喝道，“这里是公堂，又不是戏台，你们看完了还留在此处作甚！快走快走，莫非等着众衙役给你们端茶送点不成？”

待到最后一人被驱出大堂后，班头面色阴郁，对几名手下说道：“从今往后，你我可有好日子过了！整日盼着能来个又笨又懒的县令大人，没承想老天爷却偏偏派来一个虽笨却又勤快的，脾气还暴躁得紧，真真倒霉透顶！”

“为何狄老爷不曾下令用刑？”一名年轻衙役发问道，“那书呆子又瘦又弱，保管挨一鞭子就会全招，更不必说给手脚上夹棍了。如此一来，这案子岂不是一了百了！”

旁边一人也附和道：“这么拖延又有何用？那姓王的穷酸一文不名，哪里能指望榨出什么油水来。”

“分明就是使出拖字诀而已！”班头愤愤说道，“王献忠的罪行可谓一清二楚，饶是如此，大老爷却还要‘澄清几点’哩。且罢，你我还是赶紧去灶上盛饭要紧，那些守卫个个都如饿鬼投胎一般，再耽搁一会儿，定要被他们吃得精光了。”

此时狄公已换上一件家常褐袍，坐在二堂内的座椅中，呷了一口乔泰送上的热茶，不觉面露微笑。

一时洪亮迈步走入。

“洪都头，你看去满脸不快，却是为何？”狄公问道。

洪亮摇头说道：“我刚刚挤在衙院外的人群里，想听听众人有何评议。要是容我照实回禀，须得说他们对今日重审的结果很是不满，看不出问得有何用意，还说老爷没能抓住要害所在，应让王献忠当堂招供才是。”

“洪都头，”狄公说道，“我深知你是唯恐我的官声有损，方才有此一番言语，不然定会严责不可。圣上派我统摄一方，为的是要主持公正，而并非刻意取悦于人！”又转头对乔泰命道：“叫那高里长前来见我！”

乔泰刚一离去，洪亮又问道：“老爷对王献忠关于更夫的说辞如此看重，莫非是怀疑他们与此案有所关联？”

狄公摇头说道：“非是如此。即使没有今日王献忠那一番言语，冯县令也已仔细问过更夫。依照查案惯例，凡是曾在案发处附近出没过的人，统统都要问遍。领头的更夫长已经证明，自己与两名手下均与此案无涉。”

这时乔泰带了高里长回来。那高里长一见狄公，连忙躬身施礼。

狄公怒目而视，开口斥道：“原来你就是弄出这腌臜命案的一里之长！莫非你竟不知，凡有逾矩不法情事发生的话，身为里长皆是责无旁贷？今后须得更加小心尽责才是，昼夜均要在四处巡查，不可把当差的时间浪费在饭铺赌馆中！”

高里长连忙跪倒在地，咚咚咚磕了三个响头。狄公又道：“此刻你且引路，带我们去那半月街上查看案发之处，本县只想看个大概，除你之外，只需带上乔泰和四名衙役即可。我预备微服前往，让洪都头走在前面。”

狄公戴上一顶黑便帽，一行人从西边角门出了衙院。乔泰与高里长在前，四名衙役在后。

众人沿着大街一路朝南，行至城隍庙后墙，自此折向西去，行不多远，便见右手边有一座高大门楼，上面镶有碧绿的琉璃瓦，正是孔庙所在。再往前去，迎面看见从南至北横贯全城的河流，河上一架小桥，过了桥便走到大路尽头，触目皆是一片穷街陋巷。高里长引路朝左转入一条街中，两旁屋棚破败、房檐低矮，走了半日，又拐入一条弯弯的窄巷内，这便是半月街了，萧屠户家的店铺就在前方。

众人行至店铺门前，一群看客也聚拢过来。高里长大声喝道：“这几位差官乃是奉了县令老爷之命，特为勘查命案现场来的。快快散开！休得妨碍了差官公干！”

狄公见这店铺位于路口处，其山墙侧靠一条十分逼仄的冷巷，且墙面上没有开窗，沿着冷巷一路下去，大约一丈远处便是仓房，店铺与仓房之间筑有一堵砖墙连接彼此，淑玉闺房的窗户比墙头高出数尺，窗户对面则是巷末一家行会馆舍的高大山墙。狄公回身看去，只见龙家裁缝铺正对着巷口，从二楼正可望入巷中，淑玉的闺房亦在视线之内。

洪亮向高里长问话时，狄公对乔泰说道：“你且试试能否爬上那扇窗户去。”

乔泰嘿嘿一笑，将衣袍下摆撩起掖在腰间，纵身一跃抓住墙头，两手使力引身上去，右脚踩在砖头脱落的墙洞处，将全身贴着墙面慢慢立起，直至伸手攀住窗台，然后再次引身上去，抬腿站上窗台，随即钻入房内。

狄公在下面看得不住点头。只见乔泰又将身子挂在窗外，两手抓住窗台，在空中悬垂片刻，然后一松手，从五尺多高的半空中落下，着地时几乎不曾发出响动，这一招正是“蝴蝶扑花”。

高里长意欲引着众人去闺房中查看，狄公却对洪亮摇摇头。洪亮立时说道：“该看的都已看过，带路回去。”于是众人又一路闲闲踱回衙院。

高里长小心退下后，狄公对洪亮说道：“方才一番见闻，越发证实了我心中疑问。你去叫马荣前来！”

一时马荣走入，对着狄公躬身施礼。

狄公说道：“马荣，如今非得派给你一件差事不可，既不好办，不定还会有危险。”

马荣面露喜色，急忙应道：“但凭老爷吩咐！”

“我命你扮成一个无赖闲汉的模样，”狄公说道，“再到那乞丐偷儿们时常出没的地方去，暗地打探一个云游僧人或道士，或是假扮成此类人物的恶徒。这人身材高大、筋肉粗壮，却并非你当日身在绿林时所见过的行侠仗义之士，而是一个残忍下作之徒，原本大好的身手，已在好勇斗狠与酒色淫滥中消磨殆尽。他的两手异常有力，指甲很短且破损不齐。我不能肯定他会如何装扮，很可能裹件破烂的僧袍，不过定会举着一副和尚们边走边敲的木鱼，最后还有一事，他手里定有一对纯金打制的精巧发钗。这便是那金钗的图样，你可要仔细记在心里。”

“老爷说得尽够详细了。”马荣说道，“不知他是何人，莫非犯下了什么案子不成？”

“我从未见过此人，”狄公微微笑道，“因此尚且不知他姓甚名谁。至于犯下何罪，我敢说他就是奸杀萧屠户之女的歹人！”

“这差事我乐意去办！”马荣兴冲冲说罢，随即告退而去。

洪亮在一旁听着狄公吩咐马荣如此这般，越听越惊异，这时方才开口说道："老爷，这到底是怎么回事，听得我如在雾中！"

狄公只是笑道："我之所见所闻，你亦是耳闻目睹过了，姑且自去推断作结吧！"

# 第五回

游佛寺参拜观世音
入门房略施雕虫技

THE CHINESE BELL MURDERS

再说早上陶干离开二堂后，换了一身看去体面尊贵的长袍，又戴上一顶殷实乡绅喜用的黑纱便帽。

收拾妥当后，陶干出了蒲阳城的北门，在近郊一带四处逡巡，又走入一家小饭铺，随意点了些吃食权当午饭。他登上二楼，临窗而坐，透过槅窗望去，普慈寺的飞檐翘角正在目中。

陶干摸出银钱付账时，对伙计顺口赞道："那寺庙真是气势宏大！里面的和尚不知如何虔心敬佛，方能得到佛祖如此厚爱照拂！"

伙计哼了一声，说道："那伙秃驴虔心与否倒是不知，不过本地很有一些老实本分、有家有口的汉子，恨不能立时便送他们上西天去见佛祖哩！"

"老兄说话留神些！"陶干佯怒道，"在下便是一心向佛之人，岂能容你胡言乱语！”

伙计愠怒地瞥了陶干一眼，连他放在桌上的赏钱都不拿便径直走开，于是陶干喜孜孜地将赏钱重又纳入袖中，起身出门而去。

陶干行不多久，便走到普慈寺的山门殿前，顺阶而上时拿眼一瞟，只见三名僧人正坐在门房中朝自己打量。陶干缓缓踱入山门，忽地停住脚步，在袖中上下摸索，又向左右看觑，似是无可措手。

一名年岁稍长的守门僧走到近前，恭敬地问道：“不知小僧可否为施主效劳一二？”

“多谢师傅一番好意。”陶干说道，“在下一向虔心礼佛，今日特来朝拜观音大士像，并奉上些许香火钱，只可惜忘了带些碎银在身上。如此一来，怕是得改日再来烧香了。”说着从袖中摸出一锭白花花的纹银来托在掌中。

那僧人一见银子，立时两眼放光，连忙说道：“这位施主，且让小僧替你先垫付些香火钱吧。”说罢急急奔回门房内，取了两串钱出来，每串有五十个铜板，陶干满口称谢地收下。

陶干走入寺院，只见砖石铺地，甚是光亮，左右两旁各有一座华美的花厅，正有两乘大轿停在门前，僧人与仆从往来不绝。他一路朝前，经过天王殿，方才看见大雄宝殿正在目前。

大殿三面皆有云玉平台环绕，前方是一大片云石板铺成的空地。陶干走上宽阔的石阶，穿过平台，跨过高高的门槛步入殿内。一片幽暗之中，只见檀木观音像安放在镀金底座上，高逾六尺，左右两旁各有一枝硕大的烛台，光亮照在金黄的香炉法器上熠熠生辉。

陶干长揖三下，见旁边立着几个和尚，便右手作势朝木制钱箱里一掷，同时又将揣有两串铜钱的左袖朝箱外一甩，只听“当”的一声响，不由人不信他果真投了几枚铜板进去。

陶干抄着两手静立半晌，又拜了三拜，出了殿门朝右而行，不料却被一扇紧闭的大门挡住去路，正暗自思忖要不要上前推开，却见一个和尚走出问道：“施主可是想要拜会敝寺住持么？”

陶干连忙婉言谢绝，只好原路折返，又朝大殿左边行去。这里有一道宽阔的游廊，直通向几级石阶，沿阶而下则是一扇小门，上书几个大字：“非本寺僧人者，敬请止步”。

虽然见此警示，陶干却全不理会，上前一把推开门扇。眼前忽现一座景致幽美的花园，花木与假山之间有一条蜿蜒小径，前方遥见几座小巧的亭阁，阁顶高出树丛，宝蓝琉璃瓦与朱漆梁柱在一片翠绿的映衬之下，尤显光彩夺目。

陶干心想这定是前来许愿求子的妇人们夜间歇宿之处了，又见四下无人，便一个箭步钻入树丛中，脱下外褂，将里外翻转后重又套在身上。原来这褂子是精心特制而成，用粗麻布作为衬里，还特意钉了几片歪歪扭扭的补丁，看去活像是工匠苦力之流的衣袍。

他将黑纱帽摘下折起，又塞入袖中，取出一长条破布来系在头上，卷起衣袍露出小腿，最后又从袖中抽出薄薄一卷蓝布来。

这卷蓝布是陶干用来乔装改扮的独门行头之一，展开粗粗看时，似乎不过是拿来捆扎包裹用的蓝布行囊，并且缝制粗糙、平淡无奇，实则大有玄机。这方形口袋内缝有各种古里古怪的皱褶和边角，还装了十来块竹片，陶干藉此便能摆弄出各种形状来，时而看似塞满衣物的长方包裹，时而又是装满卷册的长条书袋。在他身份多变的漂泊生涯中，这件妙物常能派上老大用场。

这一回陶干三下两下插入竹片，将布囊弄成像是装着木匠工具的模样，不过片时工夫，便已乔装改扮完毕，复又出来踏上小径，行走时肩膀微微倾斜，看去好似挟在腋下的包袱颇为沉重。

小径直通向一座小巧华丽的亭阁。这亭阁背靠一棵苍翠遒劲的古松，正建在浓荫之中，两扇朱漆大门上饰有黄铜门钉。透过敞开的门扇，只见两个小沙弥正在里面清扫地面。

陶干跨过门槛，一声不吭直奔到靠着后墙的长榻前，嘴里咕哝着蹲身下去，掏出一根木匠用的墨线，对着长榻比比划划丈量起来。

一个小沙弥开口问道："你来做甚？难道又要更换家什？"

"少管闲事！"陶干生硬地回了一句，"我一个穷木匠，不过赚几个小钱使花，莫非你还眼红不成？"

两个小沙弥嬉笑着出门而去。陶干见再无旁人，立时站起身来，直朝四下打量。

亭阁内并无窗户，只在后墙高处开有一扇圆形气窗，尺寸狭小，即使孩童也钻不过去。方才作势要去修理的长榻倒是甚为精美，用乌檀木制成，雕花繁复并嵌有螺钿，榻上的衾褥枕垫等物均是用厚密的织锦缝成，旁边还有一张紫檀雕花小几，上面摆着一座茶炉和一套细瓷茶具。墙面上悬有巨幅白绢观音彩像，对面陈设着一张精巧的紫檀梳妆台，上有一座香炉和两支蜡烛，再加上一条矮脚凳，便是阁内的全部家什。尽管小和尚刚刚打扫过，并又开门通风，室内仍然弥漫着一股浓重的薰香气味。

“如今该是找出暗门藏在何处了。”陶干自言自语道。

陶干首先查验最为可疑之处，即观音像后的墙面，用手指上下敲叩一遍，细瞧有无槽缝，却是一无所获。他又仔细验过其他几面墙，不但将长榻推开，还踩到梳妆台上摩挲气窗，看周围可否装有机关，能使这小窗洞开更阔，仍是无果。

陶干一向自负于精通各种密道机关，此时不免十分懊丧，思忖半晌，想起某些旧宅中常在地板上装有暗门。但这亭阁去年才刚刚建成，和尚们即使能在墙上悄悄设下机关，也断然无法大费周章地掘出地道而不被外间知晓，不过这却是唯一可行之法。于是他又卷起长榻前的地毯，跪在地上用手遍摸石板，拿出小刀剔过板间缝隙，仍未发现任何可疑之处。

陶干不敢在此久留，只得暂且搁下，临走前看了一眼门上的铰链，还是全无异样，不禁叹了口气，合上门扇，最后验过门锁，也是粗硬坚实。

穿过花园小径时，陶干迎面遇上三个方才照过面的和尚。那三僧见他腋下挟着工具包，果然以为是个穷酸木匠。

陶干行至小门前，再次钻进树丛，换过衣帽后方又走出，一路闲闲穿过大殿，特意走到僧房一带。这里亦有客房，专供陪同妻室前来的男子们歇宿之用。

陶干折回山门殿时，复又踱入门房内，只见那三僧仍在原处。

“多谢师傅借给我两串钱！”陶干向那年长的僧人谢道，却无意从袖中将钱取出。那僧人见他兀自立在当地，情形不免尴尬，便请他坐下，又殷勤询问可否要杯热茶。

陶干庄容首肯，转眼四人便团团围坐在八仙桌旁，啜饮起庙里常用的苦茶来。

“你们出家人忒能省俭，恨不得一钱不花还是怎的。”陶干侃侃说道，“师傅借给我的这两串钱，至今分文未动，皆因正想取下几个铜板买炷香时，却找不到绳头何在，又怎能解得开呢？”

“你这外乡施主讲话好生离奇，”一个年轻僧人开口说道，“拿来给我瞧瞧！”

陶干从袖中取出钱串子递上。那僧人接过后，在手中迅速捻了一捻，得意地说道：“这不就是！这要不是绳头，小僧真不知何谓绳头了！”

陶干一把捞过钱串，看也不看，便对年长的僧人说道：“今日定是撞到什么邪了！我敢说里面并没有绳头，与你赌五十个铜板如何？”

“一言为定！”年轻僧人立时叫道。

陶干拿起钱串子套在手上，当空嗖嗖转了几转，仍旧交给那僧人，说道：“如今再来找找看！”

三僧拿钱手中，急急搜寻，虽然挨个数过，却怎么也找不到绳头。

陶干悠悠然将钱串取过，再次纳入袖中，又摸出一枚铜板来撂在桌上，说道：“姑且让你们再试一次，不定还能赢回这五十文去。来猜这枚铜板，我赌背面朝上，仍是五十个铜钱！”

“赌就赌一把！”年长的僧人说着将铜板一掷，果然背面朝上。

“如今你我便已了账。”陶干说道，“不过为了稍事补偿，我预备将这锭纹银贱卖与你，只要五十文钱即可。”口中说着，又摸出那锭银子来托在掌中。

三僧听到此处，真是个个成了丈二和尚。年长的僧人虽然心知陶干古怪狡黠，但又着实不想错失这以一换百的机会，于是又拿出一串钱来放在桌上。

“你可算是赚到了，”陶干说道，“这锭银子不但白花花亮闪闪，而且携带起来也容易得很哩！”说罢吹了口气，只见银锭轻轻飘至桌上，原来却是用锡箔制成，望去足以乱真。

入佛寺略施雕虫计

陶干将这串铜钱又纳入袖中，摸出前一串来，指点给三僧细看。原来那绳头结得与众不同，用指尖一捻，正好可以嵌入一枚铜钱的方孔之中，如此一来，即使挨个儿数遍，也看不到找不出了。最后他又将方才猜过的那枚铜板取出示众，原来两面皆是一样。

三僧见状大笑起来，这才明白面前之人原是个江湖骗子。

“你们今日算是开了眼界，”陶干面不改色地说道，“这一番见识足足抵得过三串铜钱了。如今再来说点正经事，听得人人道是宝寺财源滚滚，我便想着前来四处瞻拜随喜一番，且又听说前来烧香的有不少显贵，正巧我能说会道，又善于识人鉴貌，你等不如雇我做个说客，专门物色那些想来求子又犹豫不决之人，并去说动他们前来，不知意下如何？”

陶干见那年长的僧人摇头，连忙又道：“倒是无须你们破费太多，比方说我每赚来一人，只从香火钱里提出一成即可。”

“这位施主，你怕是误信人言了。”那僧人冷冷回道，“敝寺香火旺盛，小僧亦知有人很是眼红，且不时散布些下流说辞出去，但也不过是谣言而已，作不得数。如你这般的老江湖，定是知晓各种腌臜世情，不过今番可是想错了谱。敝寺能有今日，全是拜观音大士所赐，阿弥陀佛！”

“在下并非存心冒犯，”陶干满脸堆笑，“干我这行当的，不得不说疑心稍重。如此说来，你们应是事先便有所防范，免得前来求子的妇人们清名有玷？”

“这个自然。”那僧人说道，“其一，敝寺住持灵德法师一向慎重择人。每有初入山门者，法师他必在花厅内亲自恭迎晤谈，若是来人信佛不虔，或是家资不济，甚或声名不佳者，都会谢绝在寺内歇宿。当夫妻二人同在殿内祝祷时，其夫依例要向住持与年长位尊的高僧们施一顿斋饭，花费自然颇为不菲，不过敝寺的厨子手艺实在高明，只因实情如此，并非小僧自矜自夸之辞。

"最后灵德法师会将夫妻二人恭送至后花园的亭阁内。你虽未亲眼见过那几座亭阁，但只须记着一句，皆是一等一的富丽精美。亭阁共有六幢，每幢里面都在墙上悬有一幅写影画像，与大殿内的观世音宝像一般大小，因此妇人们只要在夜里虔心祝祷，便可得到观音大士的福佑，阿弥陀佛！当妇人居于亭阁内时，其夫亲自将门锁好并收起钥匙，住持还常要求在门上贴一封条，并由其夫亲自盖印为记，其他任何人均不得开封，第二天一早，再由其夫亲自前来开门启户。如今你该是明白，这其中全无一丝可疑之处了吧？"

陶干怃然摇头道："实在可惜得很，不过你说得倒是不错！只是如果有夫妻前来歇宿祝祷，过后却未能得子，又将如何？"

"发生如此情形，"那僧人得意地答道，"只能是因为那妇人心地不纯，或是信佛不虔。有的妇人会再拜一次，有的则是从此不见。"

陶干捻着颊上的三根长毫，又问道："若是夫妻求子后如愿以偿，想必不会忘记宝寺的恩泽吧？"

"自然不会。"那僧人咧嘴笑道，"他们常会遣人抬一肩舆，专程送来谢礼。若是忘记聊表心意，灵德法师便会派人去向那妇人传话，提醒她莫要忘了回报敝寺的恩德。"

陶干与三僧又东拉西扯叙了半日，没能再问出什么话来，不久便起身告辞，兜了一大圈后，方才返回县衙。

# 第六回

老妪上衙状告奇冤
狄公退堂吐露内情

THE

CHINESE

BELL

MURDERS

陶干回到衙院，见狄公正与主簿、档房管事同在二堂内，议论一桩因田界划分而起争议的讼案。

狄公一见陶干进来，立即遣去那二人，又命陶干将洪亮召来。

陶干细述了一番去普慈寺游历的前后情形，只略去赝银与绳结之事不提。

狄公听罢说道："如此一来，你我的疑虑也可就此打消。既然你在亭阁中未能发现设有暗门机关，须得承认寺内僧人所言确是不虚，那观音像果然十分灵验，能够降福于虔心拜佛的妇人们，使其生儿育女。"

洪亮陶干听见狄公这一番话，不禁十分惊诧。陶干开口说道："不过，整个蒲阳城都在风传普慈寺里有见不得人的勾当哩！恳请老爷能许我再走一趟，或者派洪都头带人去仔细搜查一番。”

狄公却摇头说道：“财多招人妒，此乃屡见不鲜、无法可想之事。关于普慈寺的勘查，就到此为止吧！”

洪亮意欲劝说几句，但一看狄公的神情，便知他心意已决，于是到底按下不提。

“还有一事，”狄公又道，“马荣正在追踪半月街一案的真凶，如果需要援手，陶干可随时去襄助一二。”

陶干面露失望之色，张口欲言时，只听衙内的铜锣敲响。狄公起身换上官袍，预备晚衙开堂。

大堂内又是观者云集。午衙时审了一半，众人皆欲一睹县太爷将如何继续提审那王秀才。

狄公清点过衙员后，遥望堂下众人，开口宣道：“既然蒲阳百姓对于前来县衙听审如此有兴，本县便趁此良机，宣喻告诫如下：听闻一些心怀恶意之徒，正在四处散播有关普慈寺的流言蜚语，情词甚为卑劣。本县身为一县之主，特为在此提醒诸位，务必谨记我朝律法中已有明文禁止散播谣言，或是空口无凭诬告他人，如有胆敢违反者，必将依法严惩不贷！”

狄公又命人将田界纠纷的双方事主带上堂来，不消多时便了结此案，但始终不曾提审半月街一案的诸人。

晚衙即将结束时，大门处却起了骚动。

狄公正俯身查看公文，抬头忽见一个老妪正欲挤上前来，于是丢个眼色，班头与两名衙役一道下去，带了那老妪行至案桌前。

主簿对狄公伏耳低声说道：“启禀老爷，这老妇人有点疯疯癫癫，曾经一连几个月向冯老爷投状鸣冤，却又告得无凭无据，因此卑职敬请老爷还是莫要理会的好。”

狄公听罢未置一词，锐利的目光朝下一扫，只见那老妪看去已近暮年，行走时步履艰难，拄着一根手杖，衣裙虽然破旧脱线，却十分整洁，上面还打了几处针脚细密的补丁，面容端庄，望之令人起敬。

老妪正要跪下时，狄公忙向一旁的衙役示意，“年迈或病弱之人无须跪在堂下，老夫人且请站着说话，只管报上名姓与冤情便是。”

老妪躬身一拜，含混不清地说道：“民妇梁欧阳氏，先夫梁仪丰，生前家住广州城内，以经商为业。”随后语声渐低，泪流满面，泣不能言，孱弱的身躯看去摇摇欲坠。

狄公听梁老夫人讲一口广东话，乡音难懂，又见她心绪激动，料想难以徐徐陈述冤情，便开口说道：“老夫人，本县不宜让你久立在此，不如去二堂中慢慢讲来。”又对站在身后的洪亮说道：“将这老夫人带去小客厅内，再沏杯热茶给她。”

梁老夫人被带下后，狄公又处置了几桩日常公事，然后宣布退堂。

洪亮正在二堂内等候，上前禀道：“回老爷，那老妇人似乎真是心智昏乱、头脑不清，喝了一杯茶后，方才稍稍好转，说是她全家蒙受奇冤，然后又泣不成声、语无伦次起来。于是我擅作主张，叫了内宅里一名上了年纪的女仆前来劝慰一二。”

“此举甚是妥当。”狄公说道，“须得等她完全平静下来，再听听有何说辞。通常说来，如此心智昏乱之人所控诉的冤情，往往只是脑中臆想而已。但无论是谁前来鸣冤叫屈，我总不能连案情都未弄清，就将他打发出门吧！”

狄公起身离座，反剪两手在地上踱步。洪亮正想问老爷有何烦心事，却见狄公驻足说道：“既然此刻没有外人，我又一向信得过你，那就与你讲讲有关普慈寺一事的主张。站到近前来，免得被旁人偷听了去。”

狄公压低声音说道：“听我说完，你自会明白再查下去亦是无用。首先，万难得到确凿的证据。我对陶干的精明能干一向深信不疑，但饶是他亲自出马，也未能发现任何暗门机关。即使那群和尚当真做下什么秽行，也不能指望受辱的妇人会出来控告指认，因为如此一来，不仅会使自己与家人蒙羞，其子女也可能遭人中伤，被视为野种。另外还有一个更要紧的缘故，我只私下里告与你一人知晓。”

狄公凑到洪亮耳边，低声说道：“近日从京师里传来风声，道是那一班佛徒势力日增，如今已经把手伸进朝廷里去了。先是有几名宫中妃嫔皈依入教，如今连圣上也听得颇为入耳，还答应会对那些荒谬的教义表示敬意哩。

“又听说东都白马寺的住持已被任命为内阁大学士，和他的同党一起与闻内外机密，在各地亦是广有羽翼，而忠心于朝廷的一班文武大臣，无不为此忧心忡忡。”

狄公紧锁眉头，愈发压低声音，“情势如此，你该是明白如果正式勘查普慈寺一案的话，将会有何种结果。你我要对付的并非一伙平常的罪犯，而是一个势力广大、遍布朝野的组织，他们定会立即为那灵德撑腰壮胆，予以全力支持，不但在朝廷四处奔走，还会上下打点那些身居要职者，一层一层地逐级影响至此地。纵然我手中握有铁证，想必亦是等不到结案之日，便已接到一纸文书，奉命迁至荒凉边陲之地任职去也，甚至还可能被构陷下狱、解送京师哩。”

“那么老爷的意思是，”洪亮愤然说道，“我们只能叉手坐视，全无一点办法了？”

狄公无奈地点点头，思忖半晌，又喟然长叹道：“只有一个法子，除非从立案勘破到定谳处决，都在一天之内完成！不过你也知道，律法规定不许如此操切从事。即使人犯已经招供，死罪也得由大理寺核准后才能判定，先得呈文报至州府，再层层申报上去，总得花一二个月，因此对手有的是时间和机会将此呈文压下，再将案子驳回，我也便就此灰溜溜地丢了前程。虽然只要有一线希望能为国为民除此附骨之疽，我狄某抛却仕途前程与身家性命，亦是在所不惜，但是恐怕如此机遇根本就不会出现！

“洪亮，刚才这一番言语，你不许泄露一字出去，以后也不许再问。我敢说那灵德法师在县衙内亦有耳目，关于普慈寺，从此合当绝口不提方是。

“且罢，如今你去看看，可否带那老妇人前来问话。”

一时洪亮引着梁老夫人返回，狄公请她在书案对面的一张椅子上安稳坐下，又温颜说道：“老夫人，见你如此悲恸，本县甚为不安。你方才只说夫家姓梁，但还未详细讲过他如何身亡，你又是如何蒙冤受屈的。”

梁老夫人两手颤颤伸入袖中，摸出一卷文书来，外面裹着一幅褪色的锦缎，双手捧起恭敬呈上，口中含混说道：“还请老爷细细读过这些案录文卷。民妇如今年迈昏聩，头脑清醒亦不过片时工夫，因此万难为老爷亲口详述我梁氏一门所蒙受的莫大冤屈！老爷读罢，自会明白其中缘由。”说罢靠坐在椅背上，复又掩面抽泣起来。

狄公命洪亮给梁老夫人沏一杯浓茶，然后打开包裹，只见里面是厚厚一卷文书，纸面已年久泛黄。狄公展开一看，首页乃是长长一篇诉状，笔墨上佳，书法精湛，显然出自造诣深厚的文士之手。

狄公迅速浏览一回，方知此案乃是世居广州的梁林两家富商之间的血海深仇，起因是林家公子诱奸了梁家女眷，之后又狠心无情地百般迫害梁氏一门，并掠去了梁家的全部财产。狄公翻至诉状的最末一页，看到所注的年月，不觉吃了一惊，抬头说道："老夫人，这份状纸居然写于二十年前！"

"纵然流年飞逝，"梁老夫人轻声答道，"亦不能抹去如此滔天罪行。"

狄公又翻阅过其他文书，见皆是有关此案后续情形的记录，最近的一份写于两年前。然而在所有新旧文书的末尾，无一例外附有历任地方官的朱笔批文，皆道是"此案证据不足，予以驳回"。

"既然案子发生在广州城，"狄公说道，"为何你又要背井离乡？”

“民妇之所以来到蒲阳，”梁老夫人答道，“只因主犯林帆现居此地。”

狄公心想这名字还真是闻所未闻，于是卷起文书，和蔼说道：“老夫人，本县自会仔细研究此案，一旦理出头绪来，定会再次召你前来询问详情。”

梁老夫人缓缓起身，又深深下拜，说道：“多年以来，民妇一直等待会来一位县令老爷能够匡扶正义、雪此沉冤，老天有眼，终有今日！”

洪亮引着梁老夫人出去，过后又返回二堂。只听狄公说道：“这案子乍一看令人十分冒火，一个聪颖机智、饱读诗书之人，竟恁地阴狠歹毒，不断劫掠他人并毁尸灭迹，却又一向逍遥法外。那老夫人既遭此家破人亡之痛，鸣冤告状亦是不断受挫，这两样打击显然已使她心神错乱。虽然我不敢说一定能从被告的辩词中寻出破绽来，至少也得将案情仔细推敲一番，算是为她尽一点绵薄之力。我还留意到经办过此案的历任官员中，至少有一人曾以擅长刑侦断案而闻名，如今已擢升至京师大理寺供职了。”

狄公命人唤陶干前来，见他一脸垂沮，不禁微微笑道：“陶干，姑且振作一二，我这里另有一桩差使派你去办，比起枯守观望那群和尚来，可要好得多了！你且去那梁老夫人的居处，四处打问一番有关她与梁家的消息，然后再去查访一个住在城内名叫林帆的富商，探听有关他的来历行踪。这二人以前均是广州人氏，迁来此地已有数年，这消息许是会对你有所助益。”说罢命洪亮陶干退下，又叫主簿送些例行文书前来过目。

# 第七回

查真凶寻至旧道观
遇群丐力挑众强敌

THE

CHINESE

BELL

MURDERS

再说此日午后，马荣离开二堂后，返回自己所住的衙舍，三下两下便改头换面，扮成了市井无赖模样。他先是摘下便帽，将头发弄乱，再拿一根肮脏的布条重又扎起，套上一条肥大的裤子，并用草绳在脚踝处系住裤脚，将一件打了补丁的短褂胡乱搭在肩头，最后脱下毡靴，换上麻鞋。

马荣从头到脚收拾停当后，从角门悄悄溜出衙院，混入街市的人流中。路人一见他走近，纷纷辟易远避让出道来，路边小贩也连忙伸出胳膊，将货物捂得严严实实。马荣瞧在眼里，心中不免十分得意，越发故意恶狠狠地瞪起两眼，肚内却暗笑不止。

然而过不多时，马荣方觉这差使并不易办，先拣了个游民闲汉凑集的货摊，吃些难以下咽的饭食，又在一个浊臭逼人的窝棚里喝了几杯劣酒，身边不断有人诉说苦楚，或是讨要几文钱。马荣心想这里不过是些走街串巷、小偷小摸的地痞流氓而已，非是当地真正的黑帮成员，而帮会又常是组织严密、耳目众多，要想跟他们搭上关系，还须另作打算。

将近日暮时分，马荣无意中听到一线消息。他正勉强灌下一口劣酒时，闻得旁边两个乞丐边吃边聊，碰巧有几句刮入耳内，一个问哪里有布匹可偷，另一个答曰“红庙里的伙计们定会晓得”。

马荣心知作奸犯科之徒常会聚集在破庙之中，所谓“红庙”必是如此所在，转念又一想，凡是寺庙便有大红门楼和立柱，自己刚到这蒲阳城不过几日光景，如何才能找到乞丐口中所言的“红庙”呢？他忽地心生一计，于是走到北门附近的集市中，看准一个衣衫褴褛的小童，上去一把捏住脖颈，粗声大气地命他带路去红庙。那小童果然一声不吭在前面引路，七拐八弯穿过整片迷宫也似的狭窄街巷，直走到一块黑漆漆的空地上。小童停住脚步，一扭脖子从马荣手下挣脱出来，转眼跑得不见了踪影。

马荣抬头张望，只见一座道观的朱漆山门浮现于暮色中，左右两边则是旧宅的高大院墙，看去阴森可怖，墙根处有一排木制棚房，已变得歪斜不堪。想当初这道观香火旺盛时，此处曾是小商小贩们叫卖贩售之地，如今却被一班歹徒无赖悉数占据了。

地上到处是垃圾秽物，一股腥臭之气扑鼻而来，还夹杂着令人作呕的油腻气味，原来有个衣衫破旧的老头儿，正在架起的炭火上炸油糕。墙面破损处插着一支冒烟的火把，昏暗的火光下，几个人围成一圈，正在专心掷骰子赌钱。

马荣慢慢踱向那边，却见一个裸着上身、大腹便便的肥汉，靠墙坐在一只倒置的酒瓮上，头发胡子又长又乱，油腻肮脏得结成一绺一绺，眼泡浮肿，正盯着赌局出神，粗壮的右臂拄在一段表面凸凹的粗树枝上，左手不停抓挠肚皮。三个精瘦汉子正围着赌盘蹲

马荣查案初遇盛八

在地上，几步之外，另有数人席地坐于暗处。

马荣立在当地观赌，见无人理会自己，心中正寻思如何上前搭讪，那坐在酒瓮上的汉子突然头也不抬地开腔说道：“这位老兄，借你的褂子用用！”

众人立时都朝马荣看去。一个赌徒收起骰子，从地上站起，身量虽算不得高大，但光裸的两臂看去瘦劲有力，从腰间拔出一柄匕首，狞笑着用手指轻拭刀刃，斜着身子凑向马荣右侧。那肥汉亦从酒瓮上起身，提一提裤管，兴奋地朝地上啐了一口，手中紧握着粗树枝，大模大样立在马荣面前，不怀好意地斜眼一瞟，说道：“老兄大驾光临圣明观，有失远迎！想必你定是一心虔敬，才会特来此地朝拜，总该献上几样礼物吧，我敢担保你留下这件褂子作为见面礼便已好极！”正说话间，拉开架势预备动手。

马荣只扫了一眼，便已心中了然，首须防范的即是面前这条大棒和右边那柄匕首。

那肥汉话音刚落，马荣蓦地伸出左手，一把擒住他的右肩，拇指正点中对方穴位，使得那握棒的右臂一时动弹不得。那肥汉又疾出左手扣住马荣的左腕，意欲将他拽到近前再抬膝猛顶其大腿根。不料就在此时，马荣曲起右臂用力朝后一击，右肘正中持刀人的面门，只听那人一声怪叫，随即倒下。马荣顺势又朝前一击，重重打在肥汉的软肋上，对方毫无防备遭此一拳，于是松开了马荣的左腕，抱着肚子倒在地上，口中直喘粗气。

马荣正想转身看看是否应给那持刀人再补上一拳一脚时，忽觉一个庞然大物压上后背，又有一条筋肉粗壮的手臂从后面伸来，紧紧扼住了自己的喉咙。

只见马荣低头曲颈，下颏处使力压住那条前臂，同时伸手朝背后摸索，左手只扯下一片布来，右手却抓住了一条人腿，随即用尽力气一拽，身子也朝右侧一歪，两人便双双倒地。马荣正压在上方，全身的分量撞得身下那人几乎摔成几段，勒在马荣颈上的手臂也自此松开。这时手持匕首的精瘦汉子复又从地上爬起，挥刀猛刺过来，马荣奋力跃起，正好躲开。

避过刀锋后，马荣趁隙一把擒住对方持刀的右腕，顺势一拧，又迅速蹲身下去，扯着对方胳膊横过自己的肩头，然后发力掷出。只见那人在空中划出一道弧线，重重地撞在墙上，落下时不偏不倚正中酒瓮。那酒瓮立时稀里哗啦碎了一地，人也就此不再动弹。

马荣捡起匕首扔过墙头，转身对暗地里几个黑黢黢的人影喝道："各位兄弟，我可能出手略狠了些，只因从来容不得这动刀子的主儿！"

众人含混支吾，口中唯唯。

那肥汉仍旧倒地不起，口中吐出一堆腌臜秽物，间或呻吟咒骂几声。

马荣复又上前，扯着胡子将肥汉拽起，又用力一抛。只听"砰"的一声，那人后背撞在墙上，又顺墙滑下，瘫坐在地，两眼瞪着马荣，口中直喘粗气。

半晌过后，肥汉终于稍稍缓过劲来，方才哑声说道："既然大家彼此都已见过礼了，敢问这位兄弟尊姓大名？又作何营生？"

"在下名唤荣保，"马荣泰然答道，"原是个规规矩矩的小贩，整日在路边以叫卖为生。今天早上，日头刚刚爬上来，就有一个富商经过，他十分中意我的货物，非得掏出身上的三十两银子通通买下不可，然后我就赶来此地，预备烧一炷香，谢过老天爷的恩德。"

众人听罢放声大笑。一个原本伺机要勒住马荣脖子的无赖上前，问他可否吃过晚饭，马荣答曰还未曾用过。那肥汉一听，立时向卖油糕的老头儿高声吩咐几句，不消片时，众人便已团团围坐在炭火旁，大口嚼起蒜味浓重的油糕来。

那肥汉人称盛八，自诩为本地群氓推举出的头目，又身兼丐帮军师之职，与手下的一帮人盘踞在此已有二年。这圣明观也曾是香火旺盛，后来不知出了什么乱子，观中道士纷纷走散，大门也从此被官府封起。盛八道是这地方十分清静，且又与城中心相去不远。

马荣向盛八吐露曰如今颇觉处境艰危，虽然已将三十两纹银妥善藏起，但想必那遭劫的商人定去县衙里报了官，自己还是早日脱身远遁为妙，但又不想揣着一大包银子招摇过市，因此意欲折变，换成便于随身夹带的首饰细软之类，即使亏个一二两，也是心甘情愿的。

盛八肃然点头道："老兄所虑极是，但我等平常只用铜板勾当，连银子都很少过手哩。如果想将大笔银两原价折成小巧之物，岂不是非得金子不可！说实话那等金光耀眼的黄货，我们弟兄自打出了娘胎，也不过开眼见过一次罢咧！"

马荣附和道金子着实难得，不过哪个乞丐走在路上，保不定会碰巧捡到一两件贵妇人遗落的金首饰，"若是有谁发了横财，这消息定会如长了腿儿一般立时传开。你身为丐帮军师，自然耳目灵通得紧！"

盛八搔搔肚皮，点头称许这确也在情理之中。

马荣觉出盛八的态度忒显淡漠，便从袖中摸出一锭银子来，故意举到火光照耀的亮处，托在掌中掂量把玩，又道：“我在藏银时，特意留下了一块，专为碰碰运气。不知你可愿意收下，算是为我牵头引线当个中人的酬劳。”

盛八一扬手从马荣掌中抓过银子，咧嘴笑道：“愿为老兄效劳！明晚再来听消息！”

马荣谢过盛八，又与这一班新近结识的朋友殷勤话别，方才离去。

# 第八回

狄县令决意访同僚
洪都头如愿听详解

THE CHINESE BELL MURDERS

马荣返回县衙，换过装束后来到中庭，见二堂内仍有亮光透出，走近一瞧，原来是狄公正与洪亮议事。

狄公见马荣进来，便按下话题，转而发问道："你可探得什么消息？"

马荣于是简述一番如何遭遇到盛八一伙，以及盛八如何许愿帮忙。

狄公听罢十分欣喜，"若是你头天出马便能寻到凶犯，则是大幸中之大幸，如今也算出师告捷，可喜可贺。黑道里的消息常是传得飞快，你已经找对了路。过不多时，那盛八必会带来有关金钗的线索，然后你再顺藤摸瓜，自会寻到凶手。

"方才我正与洪都头商议一条妙计。明日一早，我将出城拜访几位邻县的同僚，礼数迟早总得尽到，眼下正是良机。在我离开蒲阳的二三日内，你只管办你的差使，早日拿获半月街一案的真凶。若是需要人手，我还可让乔泰助你一臂之力。”

马荣心想若是二人出去打探同一桩事由，怕是会引人生疑，倒不如独个儿料理更佳。狄公听他禀过后，亦点头称许，于是马荣告退离去。

“老爷若是外出一两日，县衙不必升堂理事，”洪亮沉思说道，“因此也可名正言顺地暂缓审理半月街一案，倒是颇为有利。外间已有传言，道是老爷存心袒护那王献忠，只因他是个秀才，而被害的不过是穷苦经纪人家的女儿。”

狄公耸耸肩头，说道：“饶是如此，明日一早，我仍得离城前去武义，转天再直奔金华，第三日便打道回府。你还是留在此地为上，不必随我同去，一则可指点马荣陶干他们两个，二则掌管县衙印信。至于预备送给武义潘县令与金华骆县令的一应礼品，你也务必吩咐下去，仔细打点妥当，再命人将我出行所乘的官轿备好，明日一早在中庭内等候，衣物行囊等也悉数装入！”

洪亮答曰一定依令照办，保证不会出半点纰漏。狄公又见书案上有主簿送来的公文，便埋头翻阅起来。

洪亮仍旧立在书案前，似是不愿就此退下。

半晌后，狄公抬头问道：“洪亮，你心里有事，但说无妨。”

“回老爷，我只是还在寻思半月街一案，虽说反复读过案录，但绞尽脑汁也想不出老爷是如何推断作结的。若是老爷能在明日出行之前为我解此疑团，实在感激不尽。虽说此时已经入夜，但我可以在明后两天再好好睡上一大觉！”

狄公闻言不觉发笑，移过一方镇纸将文书压好，朝后靠坐在椅背上，说道：“你先命人送一壶新沏的热茶来，然后在这矮凳上坐定，我再与你详述那一晚到底发生过何事。”

狄公呷了一口浓茶，开言叙道：“初次听你讲述此案的梗概时，我便认定奸污淑玉之人并非王献忠。女人有时确实会令男子心生邪念，孔夫子在《春秋》里称其为‘尤物’[1]，并非全无道理。

“然而心生邪念后当真会付诸行动的，却只有两类人物，一是堕落成性、无可救药的下流惯犯，二是家境富裕的浪荡公子，长年的淫靡生活，使得他们本性扭曲变态而不自知，只会随心所欲地作恶。然而如王献忠这样一个寒窗课业、生计艰难的年轻秀才，要说出于一时恐惧扼死少女，或许还在情理之中，但要说奸污一个与他已经私下来往半年多的女子，在我看来则是绝无可能，因此还得从方才议论过的那两类人物中去寻找真凶。

---

1 此处似是出自《左传 · 昭公二十八年》中的“夫有尤物，足以移人”。高罗佩先生曾著有《中国古代房内考》一书，在此书第一章与第二章中，曾大量引用过《左传》中的史料。

“我随即又排除了纨绔子弟作案的可能。这些人时常光顾秘密的风月场所，只要出钱，便能享受各种花样百出的淫乐。至于半月街这样的穷街陋巷，只怕他们根本闻所未闻，因此也不可能偶然撞见王献忠与人偷偷私会，更不必说拽着布条冒险攀墙了！既然如此，凶手就只能从下层惯犯一流人物中去着手搜寻。”

狄公略停片刻，语调酸楚地接着说道：“这些恶棍歹徒，整日在城里四处游走，直如饿狗寻食一般。一旦在幽暗的里巷中遇见老弱之辈，便会将其打倒在地，再劫去那人身上仅有的几串铜钱。若是遇见独行的妇人，便会将她打昏，然后施行奸污，再扯下耳环首饰等物，将人丢在僻静的暗处，随即扬长而去。他们还会在穷苦人家聚居的街巷中四处逡巡，但凡看见谁家大门未曾锁紧，或是窗户半开，便会偷偷溜进室内顺手牵羊，盗去家中唯一的钱罐，或是打了补丁的旧长袍。

“假设如此一个歹人在经过半月街时，正撞见王献忠与淑玉姑娘私会，岂不是合情合理之事？此人立时便会想到这是一个将女人弄到手的绝好机会，那女子即便发觉来者并非自己的情郎，也无法声张反抗。然而淑玉姑娘发觉上当后却奋力反抗，可能试图大声叫喊，或是跑出门去唤醒父母，于是那歹人便掐死了她，杀人害命后又在房内从容翻找值钱之物，盗去了姑娘唯一的首饰，然后逃之夭夭。”说罢略停片刻，呷了一口热茶。

洪亮缓缓点头：“老爷说得甚是明了，那王献忠果然不可能犯下这两桩罪行。但我仍看不出能有什么确凿的证据可以诉诸公堂。”

“确凿的证据实则就在眼前！”狄公答道，“首先，你也听过仵作的证词，如果王献忠掐死了淑玉姑娘，他的长指甲必定会在死者喉头处留下很深的创口，但仵作发现的只是浅浅的指甲印痕，尽管也有几处地方破了皮。以上几点，均是指向指甲既短且又参差不齐的无赖歹人。

“其次，淑玉姑娘曾在受辱时奋力反抗，但她由于整日劳作，指甲磨得很短，不可能在王献忠的前胸和手臂上划出如许深的伤痕来。不过王献忠声称那些伤痕是由荆棘划破，亦非实情，只是这一层无关紧要，姑且按下以后再论。至于王献忠是否可能掐死淑玉姑娘，我只想再说一点，在亲眼见过王献忠本人，又听仵作描述过淑玉姑娘的身形体貌后，我敢说他要是企图加害那姑娘的话，怕是不消一时半刻，自己便先被推出窗外去也！不过这也无须再提。

“再次，十七日一早发现出了人命时，王献忠平日用来攀爬入室的布条，是堆在房内地板上的。假如王献忠果真作案，或者当晚确实到过淑玉房中的话，如果不是借着布条顺墙而下，他又能如何离去？王献忠不过是个文弱书生，每次爬墙还需淑玉相助方可，但若是换作一个身强力壮且又惯于逾墙穿户的夜盗，则情急之下，根本无须用那布条便可逃走。你也见过乔泰的身手，那人定是如法炮制，手扳窗沿将全身悬在半空中，然后跳下即可。

“正是如此一路想来，于是我才在脑中描摹出了真凶的大致样貌。”

洪亮频频点头，满意地笑道：“老爷一番推断果然有理有据，听得我茅塞顿开。一旦凶犯被拿获，亦有充分的证据使他无法抵赖，于是不得不从实招供，如有必要还可用刑。那人无疑仍在城中盘桓未去，众所周知冯老爷已认定王献忠便是凶手，且老爷对此也无异议。既然未有其他风声传出，那人一时也无须远走逃遁。”

狄公手捻颊须，点头说道：“那歹人企图将盗来的金钗脱手时，便会暴露身份。马荣已与黑道中人搭上了线，一旦那对金钗出现在黑市上，便会得到消息。若有首饰被盗，官府向来会将其图样发送给各路店家，因此凶手决不敢去金店或当铺中公然出脱，只能从同伙那里碰碰运气，盛八身居高位，很快便会得知此信。马荣要是运气不坏的话，定能将那歹人逮个正着。”说罢又呷了一口热茶，提起朱笔，伏案批阅起公文来。

洪亮起身离座，捋着山羊胡思忖半晌，又开口问道：“还有两处望乞明示。老爷如何知道那歹人会扮作行脚僧的模样？并且王献忠偶遇更夫一事，又有何要紧？”

狄公半晌无语，只对着公文出神，又在页边写下几句批语，方才放下朱笔，将文书重又卷起，扬起两道浓眉望向洪亮：“王献忠今早所述的夜半突遇更夫一事，算是为我心中描摹的罪犯画下了最后一笔。你也听说过歹人常常假扮作托钵僧人或是游方道士的模样，如此一来，便可不分昼夜四处游走而不会令人生疑，实在是极好的伪装。因此王献忠第二次听见的梆子声，其实并非出自更夫之手，而是——”

“行脚僧敲木鱼的声音！”洪亮恍然叫道。

# 第九回

访衙院二僧赠金银
赴金华狄公享宴乐

次日一早，狄公刚刚穿好出行的衣袍，却见主簿进来，禀报曰普慈寺的灵德法师派了二僧前来送信。

狄公忙又换过官服，正襟危坐于书案后方。只见一长一幼两个僧人进来，身着紫绸衬里的明黄僧袍，手握琥珀念珠，跪地叩头三下。狄公留意到那僧袍皆是用上好的锦缎缝制而成。

“贫僧乃是奉了普慈寺住持灵德师傅之命，特为代他前来向老爷问候致意。”年长的僧人徐徐说道，“灵德师傅深知老爷统摄一县之务，其辛苦劳碌自不待言，且又乍临此地，事尤繁剧，故而一时不敢前来叨扰，日后定会亲自拜望，并恭聆老爷教诲。又唯恐有失敬之嫌，故此特意备下一份薄礼，区区微物不足挂齿，还望老爷看在敝寺僧众一片诚心的份上，赏脸笑纳则个。”说罢递个眼色，那小僧站起身来，将一个锦缎小包放在书案上。

洪亮心想老爷定会严词峻拒，不料却大出意外。狄公只是客套谦让几句，道是不配受此厚意，却始终未有将包裹退还的举动，那僧人自是一力坚持。只见狄公起身离座，郑重一揖后谢道：“还请回去转告灵德法师，此番盛意，本县承情之至，并谢过这份厚礼，待日后因缘际会时，再另行回报答谢。并请法师放心，本县虽非佛教中人，但对佛经佛理一向深感兴味，对于如灵德法师这般的高僧大德，亦是十分景仰，企盼有朝一日能够得见金面，并相与深析佛法。”

“贫僧一定谨奉尊命。灵德师傅还有一事命贫僧转告老爷，虽说不甚重大，却仍须报与官府知晓，况且昨日晚衙开堂时，老爷曾当众昭告曰寺院僧众与普通良民俱受官府庇护，二者并无分别，实在英明仁厚之至。只因近日曾有歹人光顾敝寺，不但施展骗术，企图讹去本属敝寺所有的钱财，还四处打探、问东问西。是故灵德师傅恳请老爷发告明示，以制止此类搅扰佛门清静的恶行。”

狄公躬身施礼后，二僧告辞离去。

听罢这一席话，狄公心知定是陶干一时手痒、故伎重施惹出的乱子，且被人家一路追查，嗅出与县衙有涉，更是大为不妙，心中不由十分恼火，一时却也无可如何，只得长叹一声，命洪亮打开包裹。

洪亮依命解开，只见里面裹着金光耀眼的三锭元宝，另有三锭沉甸甸的足色纹银。

狄公将金银重又包起并纳入袖中。洪亮生平头一遭见狄公收受贿银，心中苦闷不解，但又想起狄公先前的嘱咐，到底还是不敢擅发一语，只默默侍候老爷重又换回上路出行的衣袍。

狄公缓步踱至中庭，见一应随员已齐集于花厅门口。官轿停在阶下，前后各有六名衙役侍立，在先的举着执事牌，上书“蒲阳县衙”字样，六名身强力壮的轿夫立在轿杠旁待命，另有十二人预备轮值替换，正挑着箱笼行囊等物。

狄公查过一切停当后，方才掀帘入轿，轿夫上前抬起轿杠置于肩上，一行人缓缓穿过中庭。

出了县衙正门，乔泰背弓佩剑，驱马护在官轿右边，衙役班头则骑马护在左边。

一行人马穿过街市，二人在前面鸣锣开道，口中高声喝道："闪开！闪开！县令老爷来了！"

狄公发觉两旁的人群不似以往那般雀跃欢呼，从轿窗朝外一瞧，只见许多路人面带怒色冷眼观望，于是回身在软垫上坐定，长叹一声，从袖中取出梁老夫人的案卷，埋头细读起来。

出了蒲阳城门便是官道，左右两旁稻田平旷，人马一气走了数个时辰。狄公忽一松手，任由案卷掉落在腿面上，转头慢慢注视着窗外单调的风景，试图权衡正在暗自打算的举措将会带来的所有后果，奈何仍是无法决断。在轿中摇摇晃晃了许多时候，狄公终于生出几分倦意，不觉朦胧睡去，待到睁眼醒来时，已是暮色苍茫，一行人马正逶迤进入武义县城。

武义潘县令在县衙花厅内恭迎狄公驾临，又设宴接风洗尘，并有当地一干名流士绅陪席。潘县令比狄公年岁稍长，只因两次科第不中，是以至今尚未升迁。

狄公见这潘县令性情严毅、清节自励，且又学识广博、见解独到，立时便悟出他之所以科场受挫，并非是由于为学不精，只是不肯为了博取功名而随俗讨巧罢了。

这一席虽非豪奢盛宴，却因潘县令言语有致、谈吐不俗而仍旧四座生风，言及州府如何管理政事时，尤令狄公受教良多。直到入夜时分，宾主方才尽欢而散，狄公自去预备好的客房内歇息。

次日清晨，狄公一大早便启程上路，径往金华而去。

人马途经一片地势起伏的乡间，眼前时而出现轻轻摇曳的竹林[1]，时而又是松林覆盖的小丘。此时正值清秋时节，狄公命人卷起轿帘，好欣赏这一派宜人风光。然而即使美景当前，仍不能使人欣然忘忧，种种疑虑依旧盘踞心头。念及梁老夫人一案，若是当真着手经办，在刑名司法方面实有棘手之处，狄公思忖半日后，不觉十分疲累，于是将案卷重又纳入袖中。

刚刚放下梁家一案，狄公又想起马荣正在搜寻半月街奸杀案的凶手，不知几时方能收功，一时忧心复起，并暗自失悔不该带了乔泰同行，应将他留在蒲阳，与马荣分头打探才是。

正当狄公心中七上八下、烦乱不堪时，一行人马已抵达金华县，不巧在城外的河边没能赶上渡船，于是又白白耽搁了大半个时辰，直至天色全黑时方才入城。

---

1 在 1958 年美国 Harper 版中，此处为 bamboo grooves，似不可解，疑为印刷错误。后查阅 1958 年英国初版，果然是 bamboo groves，意为“竹林”。

官轿在金华县衙的花厅门口停下，早有数名衙役提着灯笼在此等候，连忙上前小心地搀扶狄公下轿。

金华骆县令出来恭迎狄公驾临，二人见过礼后，相将步入一间华丽轩敞的大厅中。狄公暗想与潘县令相比，这骆县令真是人物迥异，身量矮小，性情和悦，虽然年少入仕、青春正盛，却已是富态毕现，面上只留着尖尖三绺胡须，据说这正是如今京师里的时尚。

二人寒暄过后，狄公听得后院隐隐传来鼓乐之声。骆县令连忙致歉，道是原本邀了二三友人前来陪席迎宾，却又迟迟不见贵客驾临，众人以为狄公今晚仍旧驻留武义，于是便自行宴饮起来，情形既已如此，则宾主二人不妨在花厅旁的厢房内用饭，再晤谈一番县衙事务云云。

尽管骆县令言词恭谨有礼，但也不难看出当此良夜欢会之际，他并非真心想议论什么劳什子公务，狄公亦无心正坐庄谈，于是说道："实不相瞒，我一路行来，实在也有几分倦意。若是不嫌孟浪，不如就插席进去，也好有幸结识你那几位友人。”

骆县令闻言大喜，立时与狄公相将入内。原来宴桌就设在二进庭院里，满眼皆是珍馐美味，只见三人团团围坐于彼处，正在举杯畅饮。

一见二位县令进来，那三人连忙起身长揖见礼，骆县令又逐个为狄公引见。最年长的一位名叫骆宾王，既是当今大名鼎鼎的诗坛圣手，又是骆县令的远房亲戚，第二位乃是个丹青名家，其画作在京城里声价正隆，还有一人则是一名举人，如今在各地游历，以期增广见闻。这三人显见得皆是骆县令的知交好友。

狄公的驾临使得席上气氛为之一变，寒暄过后，众人犹自拘谨少言。狄公见此情形，便提议大家饮酒三巡。

一时酒酣耳热，狄公也来了兴致，放声吟诵一首前人歌行，赢得满堂喝彩，骆宾王也唱了几支用自家诗句谱成的曲子，然后众人推杯换盏，又饮过一巡。狄公愈发逸兴遄飞，居然念出几首艳情绮诗来。骆县令听到畅快处，将两手一拍，只见四名歌女从大厅后方的屏风背后翩然转出，个个丽妆华服，正是方才骆县令与狄公即将入席时小心退下的。二女上前执壶斟酒，另有一女吹笛，一女献舞，转眼笙歌复起，兼以长袖飘摇，好不欢快热闹。

骆县令对众友开怀笑道："各位且看，流言果然是信不得靠不住！京师里众口相传我们这位狄大人如何方正端严，今日有幸亲见，原来竟是如此平易随和哩！"说罢又口唤芳名，为狄公介绍过几名歌女，看去皆是容貌妍丽、才艺不俗，显见得受过精心调教。她们不但唱和狄公吟诵过的诗章，还将几首名曲即兴编入歌词。

乐处光阴易逝，不觉已是夜深，三位陪席之宾告辞欲归。原来那两名斟酒的女子，分别是诗坛圣手与丹青名家的相好，于是双双结伴而去，举人也已事先说好要携了吹笛与跳舞的二女转去别宅赴宴。如此一来，席上便只留下两位县令大人。

骆县令对狄公已然引为知己，欣喜之余，坚称曰彼此应不拘礼数，以兄弟相称才是。二人起身离席，踱至露台，在雕花石栏旁的矮凳上坐定。此时秋月当空，清朗澄澈，微风拂面，爽惬心怀，俯瞰台下，但见山石嶙峋，花木繁盛，得沐银辉，倍添韵致，好一个佳期美景，月夜良宵。

二人兴致盎然地议论过方才那几名歌女的容貌才艺后，狄公说道："今日与贤弟虽是初次谋面，却令我大有一见如故之感，直是与生平知交一般无二了！是故不揣冒昧，想就一桩私事，向贤弟问计一二。"

"岂敢岂敢，小弟自然乐意从命。"骆县令庄容答道，"仁兄何等通透练达，只怕小弟才疏智短，即使献上拙计也不堪录用。"

"实不相瞒，"狄公凑上近前，低声说道，"美酒佳人，焉得不爱，愚兄亦不能免俗，且酒有百味，人有百态，只恨无缘阅尽哩。”

“妙极！妙极！”骆县令高声赞道，“仁兄一番高论实在精妙，令小弟心折不已。凭它什么人间至味，若是天天捧到案上，日久仍不免餍足。”

“只可惜如今身为一县之令，”狄公又道，“即使偶有闲暇，也无法去那治下的花街柳巷中行乐流连一二，稍有不慎，便会闹得满城风雨，唯恐因此坏了官声。”

“不仅如此，”骆县令叹道，“县衙内又是公事繁多、庶务冗杂，实在令人累煞。虽说手握权柄统摄一方，但个中甘苦，唯有你我自知！”

狄公愈发凑到近前，低语道：“若是愚兄有幸造访贵地，并机缘巧合得识一二绝色女子，想请贤弟妥善安排，设法瞒过众人耳目，悄悄送至敝宅中，不知可否强人所难、有渎高谊？”

骆县令听罢立时兴起，起身离座，对着狄公深深一揖，动容说道：“仁兄敬请放心，如此抬爱之举，不但令小弟受宠若惊，亦是敝县的一大荣耀哩！鉴于兹事体大，还请仁兄屈尊在寒舍暂住几日，你我也好从容商议，以便事事稳妥、不出纰漏。”

“说来不巧得很，”狄公答道，“蒲阳那边正有几桩要紧公事亟待处置，故此明日须得返回。不过良夜未尽，天明尚早，可否有劳贤弟此刻便出谋划策一二，定能大致商量出个眉目来。”

骆县令拊掌大笑道：“不意仁兄竟如此心热，足见亦是性情中人！若无十分殷勤，焉能须臾之间便赢取佳人芳心。只是这里许多姑娘都已名花有主，一时便要使其移情，却也并非易事。仁兄人物轩昂、气度非凡，过人处自不待言，不过请恕小弟直言一句，早在半年前，京师里就不再时兴蓄这大把的长髯了，是以若想赚得美人青目，仍须勉力为之，而小弟自当从旁倾力相助，务必召来本地才貌最为出众的女子供选。”又转头朝厅堂内的侍从吩咐道：“叫管家来！”

片刻之后，一名中年男子走来，一看便是圆滑世故之徒，上前对着狄公和骆县令长揖见礼。

“你这就出去走一趟，”骆县令命道，“再带上一乘小轿，去邀四五个姑娘来。我二人正在吟诗赏月，无人陪席岂不冷清。”

管家心领神会地一揖，显然已是惯熟了此等差使。

“还有一事得先请教过，”骆县令转头对狄公说道，“仁兄品位卓绝，只是不知心喜哪一类女子？貌美多情才艺出众者，抑或是机智风趣能言善对者？此时已是夜深，小娘子们想来也已回院歇息去了，故而色色俱备，大可尽意挑选一番。先跟仁兄讨个示下，也好让我那管家心中有数。”

“对贤弟我岂敢再有一字之隐！”狄公说道，“昔年在京师中，也曾阅过颇多倡女名妓，多是才艺超群却机心深重，不免生出厌倦之意。说来惭愧，如今倒是觉得未经雕琢的天然璞玉更为悦人，但为官作宰如你我者，常常不屑一顾，坦白说来，便是青楼行院中的烟花粉头。”

“啊哈！”骆县令高声议论道，“难怪道家先贤早就说过阴极生阳、阳极生阴，二者实为一体。仁兄开悟在先，因此别具慧眼，能从被懵懂愚人视为庸脂俗粉的女子身上发现美质。仁兄既开金口，小弟敢不如命！”说罢示意管家近前，伏耳低语了一阵。管家听得直扬起一边眉毛，忒显惊异，又躬身一揖，急急退下。

骆县令引着狄公返回厅堂，命侍从撤去残席，另上些新鲜菜肴，又举杯敬了狄公一回，说道：“仁兄一番卓见，令我豁然开朗。如今小弟正衷心期盼会有一段新奇的因缘际会哩！”

过不多时，只听珠帘叮当响处，四名浓妆艳抹、穿红着绿的女子翩然而入。两个看去年纪甚轻，虽然脂粉粗陋，却不掩俏丽姿容，另有两个则分明韶华已逝，面上露出沦落风尘、饱受摧折的痕迹。

不过狄公仍然甚为欢喜，见众女乍临高轩华堂，十分拘谨忸怩，便离座殷勤垂询各自芳名。那两个年少的唤作阿杏和青玉，两个年长的则是孔雀与牡丹。狄公又让众女入席，但她们仍是含羞垂首立于桌旁，手足无措，不敢言语。

狄公一力劝说她们下箸品菜，骆县令亦亲自执壶，教授斟酒之法。几个女子终于窘态稍减，开始左顾右盼，对这难得一见的官衙精舍啧啧赏叹。

骆县令得知她们既不会歌舞也不通文墨，便独出心裁地举箸蘸了汤汁，在桌面上一一书写芳名，引得佳人嬉笑不已。

眼见众女各自饮过一杯酒，又尝过几味菜肴，狄公与骆县令低语一番。骆县令频频点头，召来管家吩咐几句，于是管家匆匆去而又返，传话曰孔雀牡丹须得回院。狄公赏了她们一人一锭纹银，二女拜谢离去。

狄公命阿杏青玉分别坐在左右两旁的矮凳上，教授她们如何敬酒，又不停问长问短。骆县令从旁观望狄公大献殷勤，十分得趣，一时也不知灌了多少酒水下肚。

在狄公一番循循诱导下，阿杏业已应答自如。原来她与青玉本是一对农家姐妹，家住湖南，十年前当地发了一场洪水，过后又逢饥荒，几乎不曾饿死，父母迫不得已，将她们卖给了从京师来的人贩子。那人先是将她们充作侍女，待到长成后，又转卖与一个家住金华的亲戚。狄公见她二人虽然遭际坎坷，但性情依旧诚朴淳厚，若是加以善待并调教得当的话，定会成为悦人的良伴。

子夜将近时，骆县令终于支撑不住，瘫倒在座椅中，说话也变得含混不清。狄公见此情形，便欲告辞离去。

骆县令在两名侍从的搀扶下方才起身，咕哝着向狄公道别，又对管家命道：“狄县令的吩咐，就是我的吩咐，你可听仔细了！”

意犹未尽的骆县令被人掖扶下去后，狄公示意管

赴金华狄公遇二女

家近前来，低声说道：“我有意买下阿杏青玉这两名女子，望你与她们的主家妥为处置各项事宜，万望谨慎从事，千万不可走漏风声，使人知道与我有涉！”

管家会意地一笑，点头领命。

狄公从袖中取出两锭金元宝交与管家，“这些用作身价银子，应是绰绰有余，剩下的可充作送她二人前去蒲阳的川资。”又取出一锭纹银来，“为了酬谢你玉成此事，这点小小心意还望收下！”

管家推辞再三，方才接过银子，又担保说一定将事事都安排妥帖，过后再令其妻亲自陪二女前去蒲阳：“小人这就吩咐下去，送她们到老爷下榻的客房中伺候。”

不料狄公却说此时十分疲倦，只想好好休息一晚，明早还得启程上路。于是阿杏青玉双双告退，狄公也被人引去预备好的客房中歇息不提。

# 第十回

日访里长询问旧事
夜窥深宅遭遇险情

再说此时蒲阳城内，陶干正依照狄公的吩咐，开始着手打探有关梁老夫人的消息。

陶干得知梁老夫人的住处与半月街相去不远，便打定主意先去拜访高里长，且不早不晚恰好在用午饭时谋面。

此乃二人初会，陶干言语恭谨、举止有礼，尤显诚挚恳切。那高里长既已挨过狄公一顿叱责，心想还是与县令老爷的亲信随从勉力交好为上，于是请陶干一起吃顿便饭权作午膳，陶干自是欣然从命。

待陶干酒足饭饱后，高里长取出户籍簿册来与他过目，里面记载着梁老夫人于两年前迁来蒲阳，同来的还有其孙梁科发。

簿册里录曰梁老夫人六十八岁，其孙三十岁。但高里长却说那梁科发看去年齿颇幼，更像个二十左右的后生，不过梁老夫人既然说过他已有了秀才的功名，故此理应是三十出头年纪。梁科发性情温文，整日在城中四处游荡，尤爱在西北一带盘桓，还时常在水门附近的运河边逡巡来去。

大约一月过后，梁老夫人忽然来见高里长，道是已有两日不见她孙子的人影，怕是遭遇到什么不测。高里长依例四处查问了一番，却是毫无下落。

后来梁老夫人亲去县衙，向冯县令递状告人，一口咬定乃是住在本地的广州富商林帆劫去了她的孙子，还拿出许多陈年状纸来一并呈上，原来梁林两家彼此结怨已有多年，如今更是仇深似海、不共戴天。不过梁老夫人并无半点证据可以证明林帆与梁科发的失踪有涉，于是冯县令到底将此案驳回。

如今梁老夫人独居在一幢小屋内，只与一名上了年岁的女仆为伴。她年事已高，且又遭此不幸，心中悲苦愤懑，故此头脑愈发昏乱起来。至于梁科发失踪一事，高里长也说不出个子丑寅卯来，想来许是不慎失足落水，溺死在大运河里了。

陶干听罢，殷勤谢过高里长的款待，随后出门径去探访梁宅。

梁老夫人住在离城南水门不远的一条幽巷内，满眼皆是低矮狭小的平房。陶干寻到门前，度其规模，想必内中至多三间屋子而已。

陶干轻叩几下朴素的黑漆大门，等了半日，方才听到脚步声徐徐而来，门上的窥孔打开，只见一个满面皱纹的老妇露出脸来，低声埋怨道："这位相公有何贵干？"

"请问梁老夫人可否在家？"陶干恭敬问道。

老妇狐疑地瞥了陶干一眼，哑声说道："她有病在身，谁也不见！"随即"啪"的一声将窥孔关合。

陶干无奈地耸一耸肩，转头四下顾视。此处幽僻清冷、阒无人迹，甚至连乞丐小贩也不见一个。陶干暗想狄公或许不该轻信梁老夫人的说辞，这祖孙二人很可能编出一套悲惨身世来掩人耳目，实则却做些见不得人的勾当，没准与那林帆正是一党。如此僻静之处，正是暗中行事的绝好地方。

陶干又见梁家对面有一座用砖石砌成的二层小楼[1]，规模比其他房舍稍大，檐下悬着一面久经风雨剥蚀的招牌，可知以前曾是绸缎庄，如今一应门窗紧闭，显然已是人去楼空。

“白跑了这一趟腿，好不晦气！”陶干咕哝道，“不如离了此地，去看看林帆那边是何情形！”

陶干直朝城北而去，道远路长，行走多时方才抵达。

虽然陶干已从县衙的户籍簿册上得知林家宅址，不料寻起来竟是大费周章。只因这西北一带在城中最为古旧，多年前有个本地乡绅曾住在此处，后来

1 在 1958 年美国初版中，此处为 it was built of solid bricks and had a second store，最后一词疑似印刷错误。又查 1958 英国初版，果然为 a second story，意为“二层”。

举家迁走，搬到了繁华热闹的城东去，昔日的深宅大院，如今已被无数七拐八弯的小巷层层包围在其中。

陶干走了许多冤枉路后，终于找到林家。只见老大一幢宅院，朱漆双扇大门上镶有铜饰，左右两侧各蹲着一座石狮子，高高的院墙修葺一新，望之森然，令人生畏。

陶干本想沿着外墙绕行，以便寻到出入灶房的角门，同时约略估计一下全宅到底占地几何，但是这一念头很快便落了空。只见右边与邻家宅院相连，左边则紧靠着一个瓦砾场。

陶干顺着院墙，一路行至街角处，瞧见小小一爿菜铺，便走上前去买了些许腌菜，一边掏钱付账，一边随口询问店主生意如何。

那店主在围裙上揩揩两手，答道："虽说赚不到什么大钱，但也足可过活，起码全家人结实壮健，因此方能从早忙活到晚，天天有饭菜上桌，隔几日还能吃口荤腥，怎敢再不知足！”

“贵店距离那边的大宅不远，”陶干说道，“想来应是你的大主顾吧。”

店主耸耸肩头，“坏就坏在离这两家大宅院太近了些。一户长年闲置，另一户又是外乡人，据说从广州而来，连说话都听他不懂哩！那林先生在城外西北一带的运河边上还有一片田产，每隔几日，便有庄客送进去几车自家地里产的菜蔬，因此根本无须在我这里破费一文钱！”

“原来如此，”陶干说道，“我以前曾在广州住过，深知那些粤佬甚爱与人结交。想来林家仆从偶尔也会走来与你叙话一二吧？”

“却是从不认识一个！”店主愤愤答道，“他们一向管自来去，从不闲话一句，趾高气扬瞧不起我们北方人似的。客官为何要打听这些？”

“实不相瞒，”陶干答道，“在下乃是一裱褙匠人，手艺颇为不俗。想来偌大一座宅院，又离街市甚远，许是会有些字画卷轴之类需要修补也未可知。”

“老兄怕是打错了主意，”店主说道，“那些走街串巷兜揽生意的工匠小贩，从未见有谁踏进过他家门槛半步。”

陶干听罢并不气馁，走到街角处，从袖中抽出那条百变布囊，用竹片三下两下插入，摆弄出似是装有瓶瓶罐罐和大小画笔的样儿来，复又行至林宅，上前用力叩门，过了半日方见窥孔打开，一个面色阴沉的男子露出脸来。

陶干曾经行走江湖多年，走南闯北之际，学会了不少方言，此时操着一口十分地道的广东话说道：“在下精通裱褙一行，曾在广州学过手艺，请问贵宅可有字画需要装裱？”

那守门人得闻乡音，立时面露喜色，开门说道：“老乡请进，我且去里面替你问问！难得你能说一口上好的粤语，且又在五羊城里住过，先在我房内坐下歇歇脚。”

陶干进门一看，只见前庭十分齐整，周围环绕着一排低矮房舍。他在门房中坐等时，半日里既不见仆从往来，也不闻远近人声，偌大一个宅院寂无响动，不禁颇觉惊异。

那守门人返回时神色大异，比乍见时更显阴沉，后面还跟着一个宽肩阔背的矮胖汉子，穿一件广州人偏爱的黑绸衣袍，相貌丑陋，胡须凌乱，面上露出宅院总管一类人物的傲慢神气。

“你这江湖骗子，闯进门来意欲做甚？”那矮胖汉子对陶干喝道，“若是需要裱褙匠的话，我们自会找来，还不赶紧出去！”

陶干见此情形，只得低声咕哝着赔个不是，然后告辞离去，大门在身后砰然关闭。

陶干一路徐行，心想光天化日之下，不宜设法再入林宅，值此爽净秋日，倒不如去那城外西北一带近郊，看看林帆的田庄是何景象。

陶干出了北门，径直走了两刻钟，来到运河岸边，向路过的农夫打听林家田庄，由于广东人在此地极为少见，自是一问便知。

只见一大片肥沃良田顺着河岸延伸出去，大约有二里左右，田地中央立着一座粉刷齐整的农舍，背后还有两个大货仓，一条小路通向水边的一个小小码头，一只平底帆船正泊在那里，三名男子正忙着往船上搬运用草席捆扎好的包裹，除此以外再无一人。

陶干见此地纯是一派宁静的乡间气象，毫无可疑之处，便又一路走回城里，进得北门后，拣了一家小饭铺进去，只要了米饭和一碗肉汤，又说服伙计白送给他一小碟新鲜葱段。跑完这一趟腿，陶干只觉胃口大开，不但把米饭吃得干干净净，肉汤也喝得一滴不剩，随后埋头伏在桌上，枕着胳膊呼呼大睡起来。

待到悠然醒转时，陶干发现天色已晚，于是满口谢过伙计，并些须给了几个赏钱。那伙计恨得正在寻思要不要将他叫住时，陶干早已出了店门，扬长而去。

托赖一轮明月当头，陶干二次探访林宅时，没费多少气力便找到了地方。菜铺已然关门收摊，周围一片静寂。

陶干走入大门左边那一片瓦砾场，只见砖石遍地，灌木丛生。他小心地在其间行走，不多时便寻到了破败的二门，门口却被一堆垃圾秽物挡住，开启不得。陶干踩上去一望，见里面还残存着几段院墙，心想若是能爬上墙头的话，或许可从那里窥视一番林家宅院。

然而爬墙却颇为不易，陶干尝试几次未果后，终于在坍塌的砖石堆中站稳脚跟，这才攀上墙头，引颈望去，从此高处正好可以俯瞰林宅。院子共有三进，每个庭院都有一排雕梁画栋的房舍环绕，还有装饰富丽的廊道彼此连通。此时尚未入夜，一般宅子中通常应是人来人往、十分热闹才对，但此处却漆黑沉寂，只有门房与后院的两扇窗户里透出亮光，望之令人骇异。

陶干在墙头盘桓了半个时辰左右，下面始终不见一点动静，有时似乎隐约看见什么物事在前庭的暗处移动，但又未听见一丝声响，大概终是错觉而已。

陶干到底打算离开此地，正要从墙头滑下时，不料脚底一块砖头松动，致使整个人跌落在灌木丛中，还带翻了一堆碎砖头，稀里哗啦响成一片。这一摔不但擦伤了膝盖，衣袍上也扯出个大口子，陶干不禁恨恨地咒骂几句，从地上踉跄爬起，欲循来路出去，不巧此时乌云蔽月，四周漆黑一团。

陶干心知要是走错一步，没准就会折臂断腿，于是姑且蹲在原地不动，静候清辉重现。

等了没多久，陶干忽觉似乎另有他人潜入此地。经历过许多江湖上的风波险恶之后，对于任何危险的味道，他向来一嗅便知，此时定是有人正在这瓦砾场中盯着自己。陶干一动不动，竖起耳朵仔细谛听，却只闻得偶尔有簌簌声从灌木丛中传来，应是野兔田鼠之类的小动物弄出的声响。

终于云破月出，陶干仍是谨慎地四下打量半日，并未发现有何异样，这才慢慢起身，好不容易循着原路走出瓦砾场，每踩一步都小心翼翼，且尽量躲在暗处行走。

陶干踏上街面，不由得长舒一口气，经过菜铺后，越发快步疾行。只见四下无人，一片寂静，这景象不免令人心惊。

忽然间，陶干发觉自己拐错了巷口，眼前的胡同看去十分陌生，于是朝四周打量，正想要找回原路时，却见身后有两个蒙面人从暗处现身，并渐渐逼近。

陶干见势不妙，拔腿就跑，一路左拐右拐，巴望着能甩脱尾随的恶徒，或是转到人多热闹的大道上，使得对方不敢紧追过来。只可惜他不但没有跑上大道，却偏偏扎入一条狭窄的死巷中，回头一看，两个蒙面人也已接踵而至，这下前无去路，后有追兵，情势十分凶险。

“两位好汉手下留情！”陶干叫道，“有事好商量！”

那二人却毫不理会，径直走到近前，一人挥拳朝陶干头上打来。

陶干每每身陷危境时，仍然大有动口不动手的君子之风，多凭一张三寸不烂之舌化险为夷，至于拳脚功夫，则不过是从马荣乔泰那里学到的一招半式而已。虽然他看似枯瘦无力，但也决非懦夫，曾有不少歹人被其文弱的外表所蒙蔽，从而吃过教训。

只见陶干矮身躲过这一拳，从那人身边闪过，又伸腿意欲绊倒另一个，可惜脚下一歪站立不稳，正在左右摇晃时，手臂已被人从身后一把揪住。陶干见蒙面大汉目露凶光，心知这二人并非为了谋财，却是专为取自己性命而来的。

陶干扯开嗓子大喊救命，这时身后那人将他两条胳膊牢牢攥住，面前的汉子抽出一把匕首。陶干脑中闪过一念，这大概是替老爷跑的最后一趟差了。

陶干伸腿朝后用力猛踹，又希图将手臂挣脱出来，奈何气力不济，皆是枉然。

就在这时，平地里突然又冒出一条大汉，身材魁梧，披头散发，冲这边直奔过来。

# 第十一回

恶斗时一人忽闯入
公廨里三友共剖析

THE CHINESE BELL MURDERS

陶干忽觉手臂被人松开，身后的蒙面人已经一路奔出巷子而去。只见后来的大汉挥拳朝持刀者头上打去，持刀者矮身躲过后，也拔腿逃走，那大汉跟在后面紧追不舍。

陶干揩去额上的冷汗，长吁了一口气，抬手掸掸衣袍。这时只见大汉独个儿转回，粗声大气地说道："莫非你又使出花招来赚人钱财不成！"

"马荣贤弟，我一向感激你出手相助，"陶干说道，"方才那一刻的救命之恩，更是感激不尽！你如此一身古怪打扮，又是所为何来？"

马荣悻悻答道："我刚刚与盛八那厮见过一面，此刻正要回衙，不料却陷入这一片该死的迷魂阵中，辨不出东南西北来，经过此巷时，听见有人大喊救命，于是赶紧跑来相助。我要早知道原来是你，定会放慢步子稍等片刻，让你因为坑蒙拐骗先好好吃顿教训再说！”

“你若是当真晚来一刻，只怕就再也来不及了！”陶干愤愤说罢，弯腰拣起蒙面人丢下的匕首，递给马荣。

马荣接刀在手掂量一下，又仔细审视半晌，只见长长的利刃在月色中如同一道寒光，透出阴冷肃杀之气，不禁赏叹道：“要是用这家伙来切老兄的肚皮，简直就如拿镰刀割草一般容易哩！只恨我没能捉住那两个歹人，他们定是对这一带十分熟悉，没等我回过神来，转眼就跑进暗处没了踪影。你为何偏偏拣了这么一个冰清鬼冷的地方与人口角？”

“我哪里与人口角，”陶干怒道，“原是奉了老爷之命前来打探林宅，林帆正是这起粤佬的头目，不料却在回去的路上被那二人追杀。”

马荣又瞧瞧手中的匕首，说道：“今后再有这类打探匪人的差使，奉劝老兄还是留给我和乔泰去办为好。显见得你在窥伺林宅时被人识破，并且怀恨在心，正是林帆派了那两个歹人一路跟踪要将你除去。这种刀子样式古怪，恰是广东人时常携带的。”

“既然你这么说，”陶干说道，“我倒想起来那二人中，果然有一个似乎见过！他们虽用手帕遮住了下半个脸面，但从身形举止看去，其中一个分明就是林宅总管。”

“如此说来，”马荣说道，“这伙人定是在从事什么阴暗的勾当，不然也不会露出行迹时便下如此狠手。你我还是快快离开此地回衙的好！”

二人在整片街巷中七拐八弯走了半日，方才行至大街上，于是一路走回县衙。

洪亮端坐在主簿的公廨中，正独自对着棋盘出神，一见陶干马荣进来，忙招呼二人坐下喝杯热茶。

陶干细述一番如何去林宅打探，马荣又如何赶来相救，最后说道：“老爷命我不得继续追查普慈寺一事，至今想起来心犹未甘。比起凶悍的粤佬来，我还是对付那伙傻呵呵的秃头和尚更为得心应手，至少从那庙里，我还顺便赚到不少银子哩！”

洪亮沉吟道：“如果老爷预备要开审梁老夫人一案，就非得火速办理不可。”

“为何要如此匆忙？”陶干问道。

“你今夜遇险，要是尚未吓昏了头的话，自己便能悟出其中道理。”洪亮答道，“你看那林宅虽然阔大齐整，却几乎空无一人，只能说明林帆与其手下就要离开此地，而女眷与大多数仆从定是已被先行遣走。后院仅亮着两盏灯火，也说明除了门房之外，如今只剩下林帆与几个亲信还留在宅中。要说你在林家田庄里看见的船只已经准备就绪、即将扬帆南下的话，亦是不足为怪。”

陶干拍案叫道：“洪都头所言甚是！如此一来，事事都顺理成章了！老爷须得尽快做出决断，之后我们方能公然昭告林帆那厮，道是他有案在身，不得擅离此地，这差使若是交与我去办就再好不过了！但是要说他的暗中勾当与那梁老夫人有何干系，我可是一点也摸不着头脑。”

“老爷出门时，将那些梁家的案卷一并带了去，”洪亮说道，“我至今还未曾看过，不过从老爷的只言片语中，可知并无任何对林帆不利的证据。还有，老爷他一定心中自有谋划。”

“我明日再去林宅走一趟如何？”陶干自告奋勇道。

“依我之见，你暂且不要再去惊动林帆，”洪亮答道，“还是等老爷回来，禀过详情后再做定夺！”

陶干点头应允，又问马荣在圣明观内有何发现。

“今晚倒是颇有斩获。”马荣说道，“盛八那厮果然消息灵通，说是打听得有一支金钗，问我意下如何。我先是装作不甚热心，说金钗须得成对，而且我更中意金手镯之类能藏在袖子底下的细软首饰。盛八坚称曰若是在胳膊上扎条绷带，再别上一支金钗，不也是轻而易举之事，我这才松了口，他答应明晚便会安排我去见那卖家。

“找到了一支金钗，自然就能找到另一支。即使我明晚去见的并非凶手本人，至少也与凶手相识，并且知道他藏身何处。”

洪亮面露喜色，“好个马荣，果然办得不坏！接下去又如何？”

“我得了消息后，”马荣答道，“非但没有掉头就走，还留下来与他们小赌一回，让他们赢去了大概四五十个铜板。我明明瞧见盛八那伙人做了手脚，就和这位陶兄曾经好心传授给我们的一般无二哩！只因想与他们一力交好，我也就假装浑然不觉。

“然后众人又信口胡扯了一阵闲话，还告诉我说圣明观里出过种种吓人的怪事。我自然先随口问过盛八，为何他们一伙非得住在圣明观前破旧的木棚里，却不想法从侧门偷偷溜进观内去，那些道士留下许多空屋，住起来岂不是舒服得多，且又更能遮风蔽雨。”

“我也同有此问！”陶干沉思道。

“然后盛八便说要不是圣明观中有鬼怪出没，他们又何苦遭罪至今，”马荣接着叙道，“还说夜里常能听见封死的门后发出呻吟声和铁链的哐啷声，有个手下透过一扇打开的窗户，曾亲眼看见一个绿毛红眼的厉鬼直直瞪着自己。虽然盛八与他那伙人并非善茬，但却唯恐与妖魔鬼怪有什么瓜葛！”

“听去好不怕人！”陶干说道，“为何当年观中的道士会悉数离去？那些懒汉散淡成性，一旦扎下脚来过惯了舒服日子，再要他们离开绝非易事，或许真是被什么鬼怪或狐仙吓跑了不成？”

“这个我可不知，”马荣说道，“我只听说道士们离开圣明观后，便不知去向了。”

说到此处，洪亮开口讲了一段令人毛骨悚然的鬼故事，道是有个男子娶了一位年轻美貌的少女为妻，不料此女却是个狐狸精，甚至还咬穿了其夫的喉咙。

马荣听罢叹道：“每次听过这些鬼故事后，我都会觉得口中格外焦渴，只要不是茶水，随便灌点什么东西下去都行！”

“我倒是想起一事。”陶干说道，“林宅附近有个菜铺，我为了与那店主攀谈，还进去买了一包腌渍果仁与咸菜，想来做个下酒菜最好不过！”

“这可真是天赐良机，”马荣说道，“特为让你赶紧花掉那些从普慈寺里诓骗来的银子！你要是胆敢把从庙里骗来的钱留在身边的话，定会霉运当头哩！”

这次陶干居然未持异议，当即唤来一名业已昏昏欲睡的男仆，命他出去买三壶本地出产的上等水酒来。三人先将水酒在茶炉上温过，然后推杯换盏，畅饮数巡，直到四更天方始散去。

次日一大早，狄公的三名忠实亲随又到县衙公廨中碰面议事。

洪亮自去查看县衙大牢，陶干则埋头于案卷中，查找有关林帆在蒲阳的行止记录。

马荣行至三班房外，见衙役们闲坐无事，守卫与几名走卒正在赌钱作戏，于是喝令这一干人去前庭内齐集，结结实实操练了一个时辰，累得个个人仰马翻，直至午时方罢。

马荣与洪亮陶干一道用过午饭，返回自己的住处，美美睡了一个中觉，静待当晚的一场好斗。

# 第十二回

茶馆内开言谈玄理
深巷中动手擒凶徒

THE CHINESE BELL MURDERS

夜幕降临时，马荣又换上那一身无赖装束，洪亮命主管银钱的衙吏从县衙银柜中提了三十两纹银与他。马荣将银子用布头包好，又揣入袖中，出门直朝圣明观方向走去。

只见盛八仍旧蹲坐在老地方，背靠院墙，搔着光裸的肚皮，全副心思似乎都被赌局吸引了去。

盛八一见马荣，立时亲热地招呼他过来同坐。马荣依言蹲下，开口说道："老兄昨晚从我这里赢去不少铜板，何不拿来买件像样的外褂。等到天寒地冻时，却还没件挡风蔽雪的衣袍，那可如何是好？"

盛八责怪地瞥了马荣一眼，"老兄这话好生无礼。我不是跟你说过，我乃是丐帮军师，岂能做出花钱买衣这等鄙俗的勾当来。闲话休提，你我且说正事。"

接着凑近马荣耳边，低声说道，“事事都已安排妥当，今晚你便可拿了金钗然后远走高飞！那出脱金钗的原是个游方道士，开价三十两纹银，此时正在鼓楼后面的旺炉茶坊内等你，说好他独自一人坐在屋角，桌上现放一只茶壶，壶嘴下方摆着两只空杯，你去了一看便知，只须走上前去对着茶杯议论几句，他便会晓得你是何人。下剩的事情，就全凭你自己料理了。”

马荣满口称谢，又信誓旦旦曰日后再到蒲阳的话，一定特来问候致意，随即匆匆离去。

一时马荣行至关帝庙附近，只见鼓楼高高耸立于暮色之中。一个街头小童引他来到鼓楼后面的集市，虽不甚大，却颇为热闹。马荣在熙熙攘攘的街市里四下观望，没费吹灰之力便找到了旺炉茶坊的大字招牌。

马荣掀开污迹斑斑的门帘，走进店内。只见十来个人正各自围坐在茶桌旁，大多衣衫破旧，室内满是一股污浊之气，果然有个道士独坐在屋角最深处。

只见那人身上裹件破烂道袍，头戴一顶乌亮油腻的道冠，腰系一只木鱼，然而身形五短矮胖，绝非高大壮实，一张脏污脸面上皮肉松弛。马荣看他虽不似正人君子，却也不像老爷所说的心狠手辣之徒，心中不免有些疑惑，不过自己要找的必是此人无疑。

马荣挤到桌前，装作不经意地开言说道："借问道长一声，此处既然有两只空杯，可否让我略坐片刻，喝上一口润润嗓子？"

"好说好说，高人且请坐下喝杯清茶！"胖道士咕哝一句，"不知你可随身带着经书不曾？"

马荣落座前，伸出左臂示意。那人伸手迅速一捻，摸出是银子形状，于是点点头，给马荣倒了一杯茶。

二人呷了几口茶水，胖道士复又开言："既然如此，在下便将这太虚之道中最浅显易懂的法门传授于你。"说着从怀里掏出一册旧书。

马荣接过一看，却是厚厚一本道教典籍《玉皇经》，随手一翻，却未发现有何异样。

“请高人细细读那第十章便知。”胖道士奸笑一下。

马荣翻到地方，将书举至目前，似是在仔细端详，果然见有一枚金钗贴着书脊夹在两页当中，搭扣处做成飞燕状，与老爷给自己看过的图样一般无二，不由心中暗赞手艺之精。

马荣一把合起书册并纳入袖中，说道：“此书果然令我豁然开朗！这是道长前日好心借给我的卷子，如今原样奉还。”说着取出那包纹银递上，胖道士接过后连忙揣入怀中。

“我得先走一步，”马荣说道，“明晚再来此地，与道长接着细论经义不迟。”

胖道士低声谢过后，马荣起身出门而去。

马荣朝街市中左右张望，见一群人正围成一圈，聆听一个算命先生说长道短，便也走上前去加入其中，选了一个正好能盯住旺炉茶坊门口的位置站定。过了半日，只见胖道士出门，顺着狭窄的街巷急急走去，马荣隔了几步尾随在后，一路小心地走在暗处，留神避开街边货摊上油灯发出的光亮。

胖道士迈着两条短腿在先疾行，径往北门方向而去，忽又转入一条窄巷中。马荣在街角处四下打量一回，周遭阒无人迹。只见那人在一幢小房门前停下，似是犹豫要不要叩门。

马荣轻轻悄悄跑上前去，伸手拍拍胖道士的肩头，曳他转过身来，又一把扼住脖颈，低声喝道："要是敢出一声，管教你立时便上西天！"然后拽着那人朝巷子深处走去，直到一个阴暗的角落处方才止步，手上稍稍发力，将他抵在墙上动弹不得。

胖道士吓得浑身发抖，带着哭腔央求道："千万手下留情！银子统统还给你还不成！"

马荣拿回银子，重又纳入袖中，然后揪住对方衣襟猛力摇晃几下，追问道："这金钗你究竟从何处得来？"

胖道士支吾说道："原是我从阴沟里拣来的，定是哪个妇人——”

马荣复又上前扼住他的喉咙，将一颗脑袋在墙上撞得咚咚作响，切齿说道：“你这狗头，要是还想留下一条狗命的话，就赶紧说实话！”

“我说我说。”胖道士一边拼命喘气，一边哀求道。

马荣松开对方的脖颈，仍是虎视眈眈立在对面。

“小的另有五个弟兄，皆是扮作游方道士模样。”胖道士低声说道，“平日在东门城墙下一间废弃不用的值房内歇脚，为首的乃是一个名叫黄三的壮汉。

“数日之前，众人正在睡中觉时，我一睁眼，瞧见黄三从衣缝里摸出一对金钗来，又拿在手里端详，于是赶紧闭目装睡。我心里暗自盘算离开这伙人已经非止一日，只因他们忒嫌凶暴，与我不甚相合，正好还可趁机捞上一笔作为盘缠。前天黄三回来时醉得厉害，我等他睡熟后，悄悄沿着他衣缝摩挲，终于摸到了一支金钗，这时他一翻身，我不敢再找下去，于是赶紧拔脚溜走。”

马荣听罢心中大喜，面上却丝毫不露，仍然紧绷着一副怒容，命道：“带我去找那黄三！”

胖道士不听则已，一听复又浑身哆嗦起来，低声哀求道：“千万别带我再去见他。那黄三一顿拳脚下来，我非得一命呜呼不可！”

“怕他作甚，你该怕的人是我才对！”马荣怒道，“要是胆敢露出一点消息，我定会将你拖到僻静处，再给你脖子上美美地来一刀。还不赶紧前头带路！”

胖道士引着马荣转回大街，过不多时，便行至一片迷宫也似的小巷中，最后走到城墙边一片漆黑无人之处。马荣隐约看见靠墙立着一座摇摇欲坠的窝棚。

“此处便是了。”胖道士带着哭腔说道，转身欲逃时，却被马荣揪住衣领一把拽回。二人直走到窝棚前，马荣一脚踹在门上，口中叫道：“黄三！我带了一支金钗来给你！”

只听里面一阵响动，光亮处只见一个精瘦汉子走出，身量与马荣不相上下，只是块头有所不及，手举一盏油灯，一双冷酷的小眼上下打量着两位不速之客，恨恨地叫骂道："原来是这个畜生偷去了我的金钗。如今你想要怎样？"

"我原想买下一对金钗，这厮却只有一支，我知道其中必有隐情，于是便好言好语劝说了一番，让他告诉我如何才能找到另外一支。"

那汉子大笑起来，露出一口参差不齐的黄牙，"待会儿再与老兄交易不迟，先让我踹这贼胖子两脚再说，好教他学会如何规规矩矩敬重头人！"

大汉放下油灯，正欲动手时，胖道士突然出脚踢倒了油灯，动作十分敏捷。马荣顺势松手，那人便如离弦之箭一般飞奔而去。

黄三咒骂一声，正要追赶，马荣一把拽住他的胳膊，说道："你且随他自去，日后再细细算账不迟，我这里还有要紧事与你商议。"

"且罢，"黄三咕哝一声，"你若是带了现钱在身，我们立时便可成交。我这一辈子霉运不断，总觉得这对金钗颇为不祥，若不赶紧脱手的话，迟早会招来祸事。你已见过其中一支，另一支也是一模一样，预备出多少银子？”

马荣谨慎地朝四下看看，只见明月当头，周围静悄悄不见一人，于是开口问道：“别的弟兄都在何处？我可不愿交易时被旁人看了去！”

“无须担心，”黄三答道，“他们此刻全都出去了，正在人多热闹的集市上四处转悠哩！”

“既然如此，”马荣冷冷说道，“你管自留着那金钗便是，你这杀人害命的恶贼！”

黄三立时朝后跳开一步，又惊又怒地叫道：“你到底是何人？”

“我乃是蒲阳县令狄老爷的手下随从，”马荣答道，“此刻便要将你这杀害萧淑玉的凶手带去县衙交差。你是跟我一道乖乖走呢，还是先吃我几拳才肯上路？”

“我从未听说过这小娘子，”黄三叫道，“不过倒是深知你们这些甘作走狗的官差有多下作，还有那些贪赃枉法的县太爷们！你要是带我去了县衙，定会将一堆无头案子都按在我身上，然后大刑伺候，直到招供了才算罢休。我且与你赌上一把！”话音未落，抬手朝马荣腹部猛击。

马荣闪身避开，挥拳冲黄三的头上打去。不料黄三从容接招后，又快速出手向马荣胸口袭来。

二人你来我往过了几招，却都未能真正打到对方的要害处。

马荣心想这回真是遇上对手了。黄三虽非筋肉粗壮之辈，骨骼却异常致密，因此二人的分量仍是大致相当。马荣刚一接招，便知黄三拳术精湛，大概是八等左右，虽说马荣的身手更胜一筹，但却不及黄三熟悉地势，于是不断被逼至一块坑洼不平且又脚下打滑的地方过招。如此一来，二人便不相上下了。

又一个回合后，马荣抬肘猛地一击，结结实实打在黄三左眼上。黄三也不示弱，回脚正中马荣腿面，使得马荣脚下一时大不灵便起来。

黄三突然踢向马荣的大腿根处，马荣朝后跳开，伸出右手擒住对方脚踝，本想用左手力压黄三的膝头，使他无法收腿回去，然后再踢他另一条腿，不料自己脚下一滑未能得手。黄三立即将膝头一曲，紧接着便朝马荣的脖颈外侧狠击一拳。

这一招乃是拳术中的九大杀招之一，马荣若被击中，便会立时毙命。他赶紧偏头闪开，不过下颌处仍被扫了一下，于是松手放开黄三的脚踝，踉跄后退数步，气血一时受阻不畅，使得两眼也模糊起来。此刻真是全无招架之功，唯有听天由命了。

前朝曾有一位著名拳师说过："两强相斗时，若其技艺气力均不分高下，则主成败者实为其神也"。那黄三虽然武艺超群，生性却残忍下流，眼见马荣无力反击，他本可使出九大杀招中的任何一招来，但心中恶念一闪，非要阴狠地朝马荣大腿根处踢去。

城墙下马荣擒黄三

重复使用同一招数，乃是习武格斗的大忌之一。此时马荣体内气血受阻，难以腾挪闪动，便使出唯一可行的法子来。只见他紧紧抱住黄三的小腿用力一拧，黄三惨叫一声，膝盖已然脱臼。与此同时，马荣倾身朝前，与黄三一起合仆在地，膝头正压在黄三肚腹上。马荣只觉浑身力气已尽，朝一旁连滚几下，直到黄三伸手不及之处，随后仰面躺在地上，集中全神默练呼吸吐纳的秘法，以促使气血通畅。

一时马荣觉得头脑清醒过来，浑身知觉也恢复如常，于是从地上爬起，转头去看时，那黄三也正扎手舞脚地试图起身。马荣踹上一脚，不偏不倚正中对方下颌，见黄三仰头重重倒在地上，方才从腰间解下一条细铁链，将他的两手从背后缚住，又朝上曳至与肩头一般高处，再将链子的一头绕在他脖颈上打成一个活结。如此一来，只要黄三的两手稍有动作试图挣脱，铁链便会紧紧勒住喉头。

料理完黄三后，马荣在一旁蹲坐下来，说道：

"差一点就栽在了你这厮的手里！如今且痛快招来，也算替狄老爷和我省了不少麻烦！"

"你这衙门里的走狗！"黄三喘着粗气骂道，"要不是我又一次晦气缠身，你早已死在我手里了！至于要我招供什么罪状，还是等你那狗官来了再说！"

"随你自便！"马荣冷冷回了一句，起身行至附近的街巷内，拣了一扇大门上去咚咚猛敲，直到一个睡眼惺忪的男子出来。马荣亮出自家身份，命他去叫当地里长，再带上四个人并几根竹杖前来，吩咐停当后，复又走回原地，紧盯着被拿获的人犯。黄三仍在兀自粗口叫骂不休。

一时里长带人赶来，先用竹杖制成一副担架，抬起黄三，马荣又从窝棚内找出一件破旧僧袍来盖在他身上，众人一路直奔县衙而去。

马荣将黄三交给狱吏，又命人找个会接骨的大夫来，为他诊治脱臼的膝盖。

洪亮陶干正在公廨中坐等，听马荣道是已经捉住真凶，自是欢喜不迭。

洪亮咧嘴笑道：“今日大功告成，可喜可贺，你我非得出去吃顿便饭，再痛快喝上几盅不可！”

于是三人一道出了县衙，在街上寻了一家通宵开门的饭铺，径直走入。

# 第十三回

狄县令了结奸杀案
王秀才悲叹孽情缘

THE

CHINESE

BELL

MURDERS

次日午后多时，狄公方才返回蒲阳县城。

狄公在二堂中一边草草用膳，一边听洪亮禀报这几日内的查案进展，又叫马荣陶干前来，对马荣说道："听说你已将人犯拿获，不愧是条好汉。且来说说详情！"

马荣讲述一番前夜与昨夜的经历，最后说道："黄三那厮果然与老爷说的分毫不差，两支金钗也与图上画的一模一样哩。"

狄公满意地点头说道："若是我估计不错，此案明日便可了结。洪都头，你且吩咐下去，务必使得与半月街奸杀案有关的一干人等，在明日早衙时悉数到堂。

"陶干，你再来说说，关于梁老夫人与林帆的情形打探得如何。”

于是陶干详述一番当日见闻，包括遭人追杀险些丢了性命，以及马荣如何及时相救，又说后来未再继续追查林宅，打算等老爷回来再做计较。

狄公听罢十分赞许[1]，说道：“明日你们几个都到二堂中来，大家须得齐集商议有关梁林两家一案。我已仔细读过案卷，并颇有几分心得，届时亦会讲与你们听听，然后再议论下一步该如何行事。”说罢将几名亲信暂且遣去，又命主簿将外出这几日内积存的公文送来过目。

半月街一案真凶落网的消息已然传遍蒲阳城。次日一早，县衙门口早早便已聚集了许多百姓。

狄公迈步上堂，在案桌后坐定，提起朱笔批了令签，命狱吏提人。两名衙役挟着黄三上来，又按他在

---

1 陶干说后来未再继续追查林宅、打算等老爷回来再做计较、狄公表示赞许的内容，不见于荷文本。

案桌前跪下。黄三屈膝时颇为吃痛，不禁呻吟出声，班头吼道：“还不闭嘴静听老爷问话！”

“你且报上名来，”狄公命道，“再说说犯下何罪。”

“老子名叫——”黄三甫一开口，班头便举起大棒在他头上敲了一下，喝道：“你这狗头，在老爷面前仔细恭敬回话！”

“小民姓黄名三，”黄三愠怒地说道，“原是个规规矩矩的行脚僧人，早已断了尘缘不问世事。昨晚有个衙门里的官差，不知为何突然将我一顿好打，然后又捉来关入大牢中。”

“你这狗头！”狄公怒道，“害了淑玉姑娘的性命，该当何罪？”

“什么淑玉不淑玉的，我可从不认得。”黄三不耐烦地答道，“不过有言在先，你可别想把包大娘家里死了窑姐儿的事按在我头上，她明明是自己上吊的，我那时也并没在跟前，好几个人都可以为我作证哩！”

“你这些劣迹秽行暂且休提，”狄公怒道，“本县业已查明，正是你在十六日晚上，下狠手杀死了屠户萧辅汉的独生女儿淑玉姑娘！”

“老爷在上，”黄三答道，“小民身上从没带着皇历，因此全不记得那天干了什么或是没干什么，老爷说的人名，我也浑没听说过。”

狄公朝后靠坐在椅背上，捋着长髯沉思半晌。虽说黄三处处都与奸杀案之人犯十分相符，且手中握有金钗，但是他的矢口否认确也合乎情理。

狄公忽然心生一念，倾身向前说道：“本县这就与你提个醒，你且抬头听仔细了。在蒲阳城的西南角上，靠近河边，有一条叫作半月街的巷子，里面住的皆是小本经纪人家。萧屠户在半月街与一条窄巷的交口处开了一爿肉铺，他的女儿则住在店铺后面一间仓房上的阁楼里。就在那天晚上，你拽着悬在窗外的布条，钻入那姑娘的闺房中先奸后杀，并盗去了一对金钗，莫非还想抵赖不成！”

只见黄三尚能睁开的一只眼中闪过一丝诡谲的光芒，仿佛突然省悟过来。狄公心知自己确是找对了人，于是厉声喝道：“还不从实招来！难道非得用刑你才肯招供？”

黄三嘴里咕哝几句，忽然大声回道：“你这狗官，随便你怎么编派都行，但是想要让我屈打成招，还早得很哩！”

“来人！先给这泼皮五十重鞭！”狄公命道。

衙役扯下黄三的衣袍，露出筋肉结实的上身。皮鞭带着唿哨扫过空中，重重地落在黄三背后，很快便已是血肉模糊的一片，点点血迹溅落在青石板地上。但他只是喉咙里低哼几声，并未吃痛叫喊，等抽满五十鞭后，终于一头栽倒在地，人事不省。

班头端来热醋置于黄三的鼻下，将他弄醒后，又递过一杯浓茶，不料却被他轻蔑地一口回绝了。

“这才只是开头而已，”狄公说道，“你若再不招供，本县就要吩咐大刑伺候。你看去身强力壮，我们还有整整一天可以计较。”

“我要是招供的话，就会被你定罪砍头。”黄三哑声说道，“要是不招的话，就会死于刑具之下。如此说来，还是宁可不招！纵使咬牙忍痛一时，看到你这狗官因此惹祸上身，我也乐意！”

班头走到近前，挥动长鞭的手柄冲黄三嘴上猛击一下，意欲再打时，却被狄公抬手止住。黄三朝地上吐出几颗落齿，狠狠咒骂了一声。

“且让本县细看一下，这条疯狗究竟是何嘴脸。”狄公命道。

衙役依命将黄三从地上拽起，狄公凝神注视着他那只凶光毕露的眼睛，另一只则充血肿胀，几乎无法睁开，全是昨晚打斗时拜马荣的肘击所赐。

狄公心想此人果然是堕落成性的惯犯，很可能说到做到，宁可死于大刑之下也不肯招供，于是迅速回想一番马荣所述的经历，以及他与黄三的言语往还。

“将人犯暂且带到一旁跪下！”狄公命道，又拿起置于案桌上的金钗来朝下一掷，只听叮当几声轻响，正落在黄三面前的地上。只见他低头瞪视着这一对黄澄澄的物事，目光十分阴郁。

狄公又命班头带萧屠户上堂。

萧屠户在黄三旁边跪定，狄公开言道：“本县虽知这对金钗乃是凶物，但却未闻其详，如今且听你原原本本细诉根由。”

“回老爷的话，”萧屠户叙道，“小民原先家中也还颇为过得，于是我奶奶从当铺里买来了这一对金钗，谁承想从此便种下祸根，也不知此物以前曾与什么冤孽惹下过干系。后来没过几日，便有两个强盗闯入家中，害了我奶奶的性命，并劫去一对金钗。这两个贼人企图将金钗发脱时败露了身份，被人捉住，后来又绑到法场砍头示众。我爹若是那时断然毁去这一对祸根该有多好！可他秉性忠厚，到底出于一片孝心，将其留下做个念想。

“第二年，我娘得了重病，老是抱怨头痛，卧病多时后终于咽气，我爹已将家产耗尽，没过多久也跟着一命呜呼了。我原想卖掉金钗，偏偏我那混账老婆非要留着不可，说将来不定能派上大用场。她要是将这不祥之物好好收起也就罢了，却非让独生女儿戴在头上，且看那可怜的丫头如今遭到了什么下场！”

萧屠户一口市井俚语十分易懂。黄三在旁竖着耳朵细听半日，突然叫道：“老天真不长眼！非让我偷去了这对金钗！”

堂下听审的人群中立时响起一阵低语。

“肃静！”狄公喝道，又命萧屠户退下，徐徐说道，“黄三，谁也躲不过命中劫数，你招还是不招，都无甚分别，既然老天决意要惩罚你，那么纵使躲进阴曹地府也万难逃脱！”

“如此说来，还有甚么好在意的？且来个一了百了。”黄三说罢，转头冲班头叫道，“你这厮先给我倒杯难喝的茶来！”

班头闻言大怒，但见狄公面色凛然，心知不容违抗，只得递上一杯热茶。

黄三一气灌下，又朝地上啐了一口，开口叙道："信不信由你，要说有人一辈子总交霉运，真是非我莫属。像我这么一个身强力壮的汉子，至不济也该混成远近闻名的绿林大盗才是，谁承想如今竟落到这步田地。我本是天下数一数二的拳师，又拜了名家学艺，但坏就坏在师傅有个美貌的女儿。我对她十分有情，她却对我根本无意。我实在咽不下这口气，于是就霸王硬上弓，到底将那蠢娘儿们弄到了手，过后只得赶紧拔脚溜走逃命去了。

"后来我又在路上遇见一个做买卖的生意人，看去简直如同财神爷下凡一般。为了让他乖乖听话，我二话不说，上去给了他两下，不料那脓包居然当场就丢了性命！我翻开他的腰包，你猜里面装了些甚？只是一叠没用的票据而已！遇事总是这么晦气。"

黄三抬手抹了一把嘴角流出的鲜血，接着又道：

“十天半月之前，我在西南一带的街坊里四处游逛，指望能遇见一半个夜行的路人，再唬出他几个钱来，忽然瞥见一条黑影穿街而过钻入巷中，心想没准是个夜贼，还打算跟在他后面顺便捞上一把哩。然而等我拐进巷中，周围只是黑漆漆静悄悄，那人却已踪影全无。

“过了几天，碰巧我又转到那一带，你要非说那天是十六日，就算是十六日罢。我想再去那条巷内仔细瞧瞧，这回倒真是连半个人影也没有，却看见一条上好的白布从高处的一扇窗子里直挂下来，想必是谁家洗后晾在外面，晚上忘了收回去，便走过去打算顺手牵羊，不承想又惹出乱子来。

“我站在墙根处，伸手轻轻一拽，想把那布条扯下来，不料上面的窗子忽然打开，耳中听得有个女人在低声说话，同时还把布条向上拉扯。我立时明白这定是与奸夫约好的半夜私会，我何不趁机偷点便宜，料她也不敢叫喊出声。于是我就拽着布条攀上窗台，然后钻进屋里，那女子还兀自忙着收拾布条哩。”

黄三斜眼一瞥，又叙道：“她浑身上下一丝未挂，一眼便能看出是个年轻俊俏的小娘儿们。我可不会坐失良机，上去一把捂住她的嘴，低声说道：‘乖乖的不要叫唤！只管闭上两眼，全当我就是你那情郎。’不料那女子却像母老虎一般跟我动起手来，颇费了些工夫才将她制服。完事之后，她仍是不肯罢休，又大声叫喊着要冲出门去，于是我就下手掐死了她。

“我先将布条统统收起，好让那奸夫不能上来，然后又在屋里翻箱倒柜，想找点银钱出来。我早该知道又会落得一场空，结果除了那对该死的金钗之外，真是一个铜板也没有。

“把你那文书胡乱记下的供纸拿来，赶紧按个指印完事，我可懒得听他再念一遍！至于那女子姓甚名谁，随你爱写什么都行。早些送我回牢里去，这会子觉得背上吃痛得很。”

“依据律法规定，”狄公冷冷说道，“人犯必须听过招供的笔录后，方可按印画供。”说罢命主簿大声诵读了一遍录下的口供，黄三听罢郁郁点头，承认属实，又在文书上按了指印。

狄公肃然宣道：“黄三，本县判你犯下强奸与杀人两项罪行，手段残忍，罪无可恕。本县在此须得正告你，此案上报之后，你可能会被从重发落并处以极刑。”说罢朝衙役示意一下，于是黄三被带回大牢。

狄公又叫萧屠户前来，说道：“几日前，本县曾许诺不久便会捉住真凶，为你女儿报仇雪恨，如今你也听过了他的供词。老天果真在这一对金钗上降下恶咒，致使你那苦命的女儿惨遭不幸，而那作恶的歹人居然连她的名字都不晓得，且又浑不在意。

“你可将这一对金钗留下。本县会命金匠来戥过分量，然后再折成银两给你。

“鉴于真凶是个身无分文的下流歹人，因此你这苦主无法得到赔偿，不过本县已替你另有安排，一时便会知晓。”

闺房中夜半遇怪客

萧屠户正要满口谢恩时，狄公却不让他多说，且在一旁等候，又叫班头带王献忠上堂。

狄公仔细打量，只见王献忠虽已洗脱了两项罪名，却仍是满面悲戚，黄三的供述令他五内受创，两行清泪从面颊上直流下来。

“王献忠，”狄公肃然说道，“你犯下引诱良家少女之罪，本县本可予以重责，但虑及你已受过三十鞭的皮肉之苦，且又与被害者真心相爱，本县深信如此惨剧对你的打击，定要比那公堂刑罚来得更为深重。

“然而杀人者必须偿命，苦主也必须得到赔偿，因此本县命你须得娶淑玉为妻，县衙将会为你预支聘礼钱，婚礼要办得体面正式，新娘便是淑玉的灵牌。等你秋闱得中之后，再将预支的银钱按月偿还给县衙，除此而外，还要每月再给萧家一笔款子，本县将依据你的薪俸定出数额来，直到付满五百两纹银为止。

“等你付清了这两笔钱之后，方可另娶妻室，但以后的妻妾均不许侵占淑玉之位，终此一生，她始终是你的元配夫人。萧屠户性情忠厚，你须得对他们老两口恭敬侍奉，尽到做女婿的责任，他们也会原谅你的过失，并在有生之年如亲生父母一般对待你。如今且去用心攻读诗书吧！”

王献忠叩头数下，呜咽出声。萧屠户也在一旁跪下，感谢老爷为恢复萧家清誉而做的妥善安排。

二人起身后，洪亮伏在狄公耳边低语一阵，狄公听罢微微笑道：“王献忠暂且留步，有个小小疑问如今也已真相大白。你曾说过十六日晚上醉酒露宿了整整一夜，所言确是不虚，只是犯了一点无心之过。

“本县头一次看到你的供词时，就认定带刺的荆棘绝不可能在你身上划出如许深的创口来。当时晨光熹微，你看见成堆的砖石与灌木丛，便想当然地以为身在荒宅废墟之中，其实并非如此。那里恰在修建一座新宅，工匠们卸下一堆堆砖石，为的是要砌院墙，并为了粉刷墙面用细竹竿搭起了架子，你定是不慎跌倒时，被竹竿的尖端划伤了几处。你若是有意，自可去五味居附近找到这样一处所在，并会发现那里便是你的过夜之处。现在可以退下。”说罢起身离座，几名亲信跟在后面。

狄公掀起帷幕，走入二堂，大堂内响起一片赞叹敬服之声。

# 第十四回

叙家史从头说旧案
设圈套意欲捉奸凶

THE CHINESE BELL MURDERS

早衙过后，狄公埋头书写有关半月街一案的呈文，并提议对凶手处以极刑，直写到午时方才搁笔。由于所有死刑必须经由当今圣上亲自核准，因此还得过上一个多月，黄三才会被明正典刑。

午衙开堂时，狄公处理了几桩本地的例行事务，随后在内宅中用了午膳。

狄公返回二堂，召来四名亲信。众人恭敬施礼后，狄公开言说道："今日我要与你们细述这梁林两家恩怨的始末。先叫人送壶新沏的茶来，再安稳坐好了，真是说来话长。"

四人在书案前坐定，开始举杯品茶。狄公将案卷放在书案上展开，取出其中几页，用镇纸压好，然后靠坐在椅背上，说道："此案不但涉及的年代久远，其间又颇多残酷无情的凶杀与暴行，让人不禁暗问老天为何竟会允许如此奇冤发生！我读罢之后，心中久久难平，也是少有之事。”说罢缓捋长髯默然半晌，四名亲信均屏息注目，静待下文。

狄公坐直起来，“为了方便起见，我且将整个案卷一分为二，前一半包括缘起以及在广州城内发生的恩怨纠葛，后一半则是自从林帆与梁老夫人迁至蒲阳后出现的种种事由。

“严格说来，我本无权追溯这前一部分，因为此案当年已被广州府与广东按察使司先后驳回，对于他们所做的裁决，我亦是无权评议。尽管旧日案情与我们并无直接干系，却为在蒲阳发生的事件提供了前代背景，因此终究无法略过不提。

“我先概述一番这前半段内容，并省去其中所有涉及刑名断案的用语、人名以及种种无关宏旨的细节。

“大约五十年前，在广州城内的一条街上，住着两家富商，一户姓梁，一户姓林，两位老先生既诚实勤勉、经营有方，又是至交好友，家业均十分兴旺，商船远行至波斯海上。梁家有一子，名叫梁鸿，另有一女，后嫁与林家独子林帆为妻。林老先生不久亡故，临终前郑重嘱咐其子林帆，须得终生珍重护持梁林两家的累世情谊。

“光阴荏苒，世事变迁，梁鸿的人品行事显然与其父一般无二，但林帆却渐渐露出邪恶残忍又贪婪刻薄的本性来。梁老先生退出经营后，梁鸿接过偌大一份家业，并打理得井井有序，而林帆则一心想要骤发横财，因此时常做些来路不明的生意。于是这边是梁家蒸蒸日上，那边林帆却已将从父亲手中继承来的巨额家产耗去了大半。梁鸿心地仁厚，对妹夫总是倾力照拂，平日里时常建言献策不说，还在林帆违约遭人控告时加意回护，甚至借给他好几笔数目可观的款子，然而所有这些慷慨义举，却只招来了林帆的蔑视与敌意。

梁鸿遇匪命丧途中

“梁鸿之妻为梁家生了二子一女，林帆夫妇却一直未有生育。林帆由妒生恨，并视梁家为他失意与不幸的根源。梁鸿襄助愈多，林帆对梁鸿反而恨意愈深。

“林帆偶然得窥梁妻玉容，立时对她心生邪念，不巧此时又有一桩冒险生意落了空，难免欠下巨债，情势十分紧迫。林帆明知梁妻幽娴贞静，决不会行那偷情不轨之事，于是便生出一条一石二鸟的毒计来，预备要将梁鸿的家产与妻室一并据为己有。

“由于林帆暗地里从事不法生意，因此与黑道早有往来。梁鸿即将去邻县收一笔巨账，小半归自家所有，大半则是替广州城内三家大商行代收的银钱。林帆得知此事后，立即买通了两名匪徒埋伏在城外，待梁鸿返回时，在半路将他杀害，并劫去所有金银。”

狄公略停片刻，面色沉重地环视一下四名亲信，接着又道：“就在实施毒计的当天，林帆前去梁宅，道是有要紧的私事须见少夫人一面。梁妻出来彼此见过后，林帆谎称内兄半路遇袭，金银已被悉数劫去，人虽受了伤，但尚无性命之虞，如今由家仆暂且安置在北郊的一座废庙里，然后又特地叫了林帆前去摒人密谈。

“林帆又道是梁鸿意欲先暂时瞒过众人，待老父与其妻清点家产，确定有足够的银钱可以赔偿代收的款项后，再将此事公之于世，眼下若是走漏消息，则会有损于梁家的声誉，并切望其妻随林帆立即赶赴庙中，以便商议如何腾挪处置家产之事。梁妻听罢，心觉丈夫向来心思细密、行事谨慎，这一席话听去确像是他的言语，于是信以为真，趁着四下无人时，与林帆从后门悄悄离家而去。

“二人一到废庙，林帆便露出狼子野心来，直言曰前番所述并非全是实情，梁鸿已命丧歹人之手，而自己对梁妻十分爱慕，以后定会照料有加。梁妻听罢大怒，想要跑出门去告发真相，奈何林帆使力用强，到底在当晚被他玷污。次日一早，梁妻用银针刺破手指，取出随身的手帕，给家翁写了一封告罪的血书，然后便解下腰带，悬梁自尽了。

“林帆从死者身上搜出血书，只见上面写道：

“‘林帆诱我至荒僻无人之所，且又污我清白。奴家既为失节文君，自觉有辱梁氏门楣，此罪惟有一死赎之。’

“他为了设法遮掩，便将写有头一句的右半幅手帕撕去，又烧毁灭迹，只将其余字句留下，并塞入死者袖中。

“这时有路人发现了梁鸿的尸身，并跑去报知官府，凶信已传至家中。林帆赶回梁宅时，见二位老人正为儿子死于非命且又丢失大笔金银而悲痛交加，便佯装戚容劝慰一番，又问候内兄之妻的情形。听得岳父母说是儿媳不见人影，林帆又故作姿态，犹豫半晌后，方才道出梁妻与人早有私情，且常去一座废庙中幽会，很可能如今就在彼处。梁老先生闻听此事，立时赶去那里，果然发现儿媳已悬梁自尽，看过遗下的血书后，认定她是乍闻丈夫死讯，心中一时突生愧悔才自缢身亡的。梁老先生经不住如此接二连三的打击，当晚便仰药自尽了。”

狄公示意洪亮倒茶，呷了几口，接着叙道：“从此以后，如今住在蒲阳城中的梁老夫人便成为本案的关键人物。

“梁老夫人虽为妇道人家，却一向头脑精明、身体健旺，在内外家事上对其夫颇多襄助。她深知儿媳素性纯良，疑心其中有诈。当此大难临头之际，她一边尽力变卖家产，用以赔偿应付给那三家商行的款项，一边派了亲信家人去废庙一带打探。梁妻当日将手帕平铺在枕头上写下血书，枕面上留有些许渗下的血迹，因此隐约可以辨识出被林帆毁去的字句。梁老夫人得知此事后，方才明白原来林帆不仅奸污了梁妻，还设下毒计害了梁鸿性命，因为当梁鸿的尸身尚未被人发现时，他便已对其妻道出了梁鸿的死讯。

“于是梁老夫人去广州府状告林帆的两项罪行，奈何林帆刚刚攫夺了一大笔昧心钱，不但贿赂了一位当地官员，且又买通他人做伪证，包括一个声称自己便是梁妻情人的浪荡子。结果此案终被驳回。”

马荣正欲开口，狄公却抬手止住，接着又道：“就在此时，林帆之妻，即梁鸿之妹也失踪了，完全下落不明。林帆假装十分悲痛，但人们纷纷猜测正是他暗中杀妻又藏匿了尸身。他既然痛恨梁家每一个人，自然也包括从未给他生下一男半女的妻室在内。

“以上均是第一份案卷中所述的情形，日期是二十年之前。

“如今我再来细述此后发生的事由。梁家遭此大难后，只剩下梁老夫人与两个孙子、一个孙女。虽然家产经过折变抵债，十停已去了九停，但梁家的清誉却丝毫不曾受损，且名下的分号仍然生意兴隆，加之梁老夫人经营有方，家业迅速恢复，重又兴旺发达起来。

“与此同时，林帆却为了攫取更多的不义之财，组织起一个庞大的走私网，并渐渐引起了官府的注意。林帆心知走私乃是重罪，一旦被揭破的话，广州府也做不得主，必须呈报至广东按察使司裁处，在那里既无门路，也就无计可施，于是又设下另一桩奸计，既可转移官府的视线，又可彻底摧毁梁家。

“林帆买通了主管港口事务的官员，将几口装有禁品的箱子悄悄放到梁家的两艘货船上，夹杂在其他货物之中，然后又派人去告发梁老夫人。赃物一经被搜出，梁家的全部家产以及所有分号被官府悉数籍没。梁老夫人又一次状告林帆，结果又被驳回，头一次是广州府，这一回则是广东按察使司。

“梁老夫人深知林帆非得将梁家斩尽杀绝才肯罢休，便领着家人到城外暂避一时，栖身在一个表亲名下的田庄里。那田庄建在一处废弃不用的要塞上，有一座石头堡垒仍然完好，如今被农人用于存储谷物。

梁老夫人心想即使林帆雇了歹人前来袭击，这石堡也足可御敌，于是就在那里预先筹划布置，以防不测。

“数月之后，林帆果真派了一伙匪徒前来洗劫。梁老夫人与三个孙子孙女，还有老管家以及六名忠仆一起躲入石堡中，里面事先存有食物与清水。众匪企图破门而入，结果由于石门坚厚而未能得逞，然后又燃起干柴，从钉有横木的窗缝中投掷进去。”

狄公略停片刻。马荣听得双拳紧握，洪亮也揪着一把山羊胡气愤不已。

“如此烟熏火燎之下，里面的人几乎不曾呛死，只好冲将出去。可怜梁老夫人的幼孙与孙女，连同管家并六名家仆，全都惨死于乱刀之下，然而在刀光火影中，梁老夫人与长孙梁科发却侥幸逃脱了出来。

“事后那匪首向林帆报曰并未留下一个活口，林帆也以为梁家从此再无一人。这桩事关九条人命的大案惊动了广州全城。有些商户熟知梁林两家的恩怨，认定必是林帆又在背后作恶。

“不过此时林帆已是全城数一数二的富商，无人敢与之公然作对，且他又佯装哀恸，并许下重金要探得那伙贼人的下落，私下里却与匪首谈妥，于是有四名歹人出来顶罪，后来又被砍头示众，据说行刑当天观者如堵，轰动一时。

“再说梁老夫人，她与其孙梁科发在城中一个远亲家里匿名躲藏了一阵，又收集了很多林帆的罪证，于五年前再次亮出身份，状告林帆害死九条人命。

“由于此案名噪一时，广州知府不敢十分袒护林帆，街谈巷议也多是责他不义。林帆花了好大一笔银子，才使得此案终被驳回，正欲外出几年避避风头，且又听说新近任命的广东布政使素以秉性方正而著称，于是越发打定了主意，将家中事务交托给亲信管家，只携了仆从姬妾数人，悄悄登舟离城而去。

“梁老夫人四处查访，用了三年时间，方才探得林帆已移居蒲阳，一得到消息，便决意追踪至此并报仇雪恨，其孙梁科发也一道同行，古人不也说过杀父之仇不共戴天么？于是在两年前，祖孙二人抵达蒲阳城。”

狄公停下饮了一杯茶，接着叙道：“如今且来看此案的后半部。从梁老夫人于两年前投到县衙的状纸来看，”说着用手指轻敲面前的案卷，“她控告林帆绑去了其孙梁科发，还说梁科发一到此地，便四处打探林帆的行迹，并对她说过手中已掌握了针对林帆的证据，正预备去县衙投状告发。

“只可惜梁科发还未向其祖母详述究竟，便已失踪不见。梁老夫人坚称曰他定是在林宅附近打探消息时被林帆捉了去，然后为了细述此案根由，只得将两家多年的恩怨和盘托出以作为佐证，却又并无半点证据能证明林帆与梁科发的失踪有关。如此说来，前任冯县令将此案驳回，倒也无可指摘。

“如今且来说说我有何打算。在去武义和金华的长途中，我已全盘细思过这一疑案，结论是林帆在蒲阳确有不轨行为，这一设想亦被陶干所述的某些事实证明不虚。

“首先我自问林帆为何要选择蒲阳这个小城作为藏身之处。如他这般有钱有势之人，理应去那些富贵繁华之地甚或京师中大隐隐于市，既能依旧逍遥度日，又便于藏匿行迹。

“想到林帆曾经做过走私生意，又虑及他那嗜财如命的贪婪本性，于是我便认定他之所以择此地而居，全是因为蒲阳是个售贩私盐的绝佳地点！”

陶干面露憬悟之色，频频点头。只听狄公又道：“自从汉代以来，食盐便是由官府专卖而禁止私贩的。蒲阳地处大运河边上，与沿海一带的盐厂亦相去不远，因此林帆之所以住在蒲阳城里，为的就是要走私食盐、牟取暴利，这亦与他贪婪刻薄的本性十分相符，宁可离群索居、暗中赚取不义之财，也不愿去京师里过着花天酒地、富足无忧的生活。

“陶干的一番见闻，更加证实了我的怀疑不虚。林帆之所以买下那所旧宅，是因为周围僻静无人，且又距离水门很近，对秘密贩运私盐十分有利。他在城外购置那一片田地亦是为了此务，要从那里一路走到林宅，须得绕北门而行，花费不少工夫，但要是查看一下地图，就会发现如走水路则十分便捷。水门虽可阻止船只出入，但若是两船隔着栅栏彼此递送小型包裹却相当容易，然后再将私盐搬上大船，便可通过运河水道载往各处。

“如今林帆显然已经终止了走私活动，并预备要返回原籍去，这一点对我们十分不利，不知是否还能搜集到有关他的罪证，想来他定已消灭了所有不法生意的痕迹。”

洪亮插话问道：“既然梁科发已发现了林帆贩私盐的证据，并且预备要控告他，我们何不彻查一番此人的下落？没准林帆仍将他囚禁在某处哩！”

狄公摇摇头，庄容说道：“恐怕那梁科发已是不在人世了。林帆生性残忍无情，这一点陶干应是心知肚明。那天林帆以为陶干是梁老夫人派来的探子，二话不说便要取他的性命，幸亏巧遇马荣，陶干才免得当场遇害，因此据我想来，梁科发定已遭了林帆的毒手。”

“既然事情已过去了两年，更不可能找到林帆杀人的证据，”洪亮说道，“也就无望将他捉拿归案了。”

“虽则不幸，奈何却是实情。”狄公说道，“因此我决意将要如此这般行事。

“林帆一向认为唯有梁老夫人素来与他为敌，且自负深谙应对之法，从没出过半点纰漏，然而我要教他明白如今又多了一个对头。我且去吓唬他一二，敲山震虎并大力施压，使得他在惊恐之余铤而走险，如此一来，或可露出破绽，我们方才有望反击。

“你们几个仔细听好了。

“首先，今日午后，洪都头你去见林帆一面，递上我的名帖，并告知曰明日我要前去私下拜会他一遭。届时我将露出消息来，道是怀疑他与什么不法勾当有涉，并且明令他不得离开蒲阳城。

“其次，陶干你须得查明林宅旁边的院落究竟为何人所有，然后再告知宅主，为了杜绝无赖闲汉们在此处隐匿出没，县衙明令要将此废宅彻底清除，并会担负其中一半费用。之后你再去寻几个工匠来，命他们明日一早便开始动工，并带上两名衙役亲自前去督管。

“再次，洪都头你去过林宅后，再径去军塞内，将我手写的指令交给军塞统领，务必使得东南西北四门守卫加强戒备，对于出入城门的每一个广州人都要严加盘查，并派几名兵士昼夜守卫在水门左右。”

狄公搓搓两手，最后欣然说道：“如此一来，定会让林帆心中七上八下、大费思量！你们还有什么建议？”

乔泰笑道：“我们还可在他的田庄附近也做些文章！明日我便去城外，就在林家田庄正对面的官田里扎下一副营帐，在那里驻留一二日，再去运河边钓几回鱼，还可密切监视水门边与田庄里的活动。如此举动定会引起林家走狗的注意，然后定会报与林帆知晓，使得他更加担惊受怕。老爷以为如何？”

“好极！”狄公赞了一声，又转眼去看陶干，见他正捻着颊上的三根长毫若有所思，便问道，“陶干，你可有什么妙计？”

“林帆是个危险的人物，”陶干说道，“当他觉察到情势不妙时，很可能会设法加害梁老夫人，只要原告一死，此案也就从此烟消云散了，因此我想应该派人暗中保护梁老夫人才是。我曾注意到梁宅对面有一爿绸缎庄，如今已废弃无人，老爷或可派马荣与一二个衙役前去暗藏在其中，以防梁老夫人发生不测。”

狄公思忖半晌，说道：“林帆自打来到蒲阳，倒是还从未企图加害过梁老夫人，但我们也不可掉以轻心。马荣，你今日便去。

“还有最后一事，我将发一告示给蒲阳境内运河沿岸的所有军营关卡，命他们严查林家名下的所有来往货船，看是否藏有违禁之物。”

洪亮微笑说道：“不出数日，林帆便会如同热锅上的蚂蚁一般了！”

狄公点头说道：“林帆见到这种种举措，便会觉得已如瓮中之鳖。此地离广州甚远，他无法呼风唤雨，且又已将大多数爪牙遣走，如今手下帮凶所剩无几。他尚不知其实我并没抓到任何确凿的把柄，或许还会猜测是否梁老夫人对我透露了什么他所不知的内情，是否我当真发现了他走私的证据，或是从广州那边得到了什么关于他的消息。

“但愿这些疑问会搅得他心烦意乱、焦虑不安，从而仓皇行事，于是露出马脚来。虽说胜算不大，但却是唯一可行之法！”

# 第十五回

出门拜会广州富商
归家迎来金华二女

THE CHINESE BELL MURDERS

次日午衙过后，狄公换上家常蓝袍，头戴一顶黑便帽，乘轿前往林宅，只带了两名衙役同去。

行至大门前时，狄公掀开轿帘一瞧，只见十来个工匠正在清理左边的瓦砾场，陶干满面春风坐在一堆砖石上充任监工之职，从那里正好可将林宅门口的动静尽收眼底。

衙役上前叩门，双扇大门立时开启，官轿逶迤进入中庭。狄公出了轿门，只见一名男子正恭候在通往花厅的阶下，看去身材颀长、气度不凡。

狄公见宅院中果然未有仆从来往，唯独一个肩宽背阔的矮胖汉子候在一旁，看去似是宅内管家。

那高个男子躬身一揖，语调平板地低声说道："小民林帆，向来以经商为业。老爷屈尊驾临寒舍，荣幸之至。”

二人顺阶而上，走入花厅。厅内颇为轩敞，陈设得简约古雅。宾主在乌木雕花椅上落座，管家献上清茶与广州特产的蜜饯果脯。

二人先寒暄一回。林帆讲得一口流利的北方官话，不过明显带有广东口音。就在言语往还之际，狄公不着痕迹地暗中打量着对方。

林帆看去五十左右年纪，一副清瘦的容长脸面，留着稀疏的髭须和一绺花白的山羊胡，一双眸子似乎总是定定地凝望着前方，透出古怪的神气。狄公看在眼里，心中不觉深为罕异，暗想如果不是这双不同寻常的眼睛，实难相信面前这个言词恭谨、器宇轩昂的男子，竟会害过十几条人命。

林帆身着一袭极为简朴的深色长袍，外罩一件广州人喜爱的黑绸外褂，头戴家常黑纱便帽。

“本县今日前来纯是私访，”狄公开言说道，“并有一桩事由，想与林先生随意谈谈。”

林帆深深一揖，依然语气平板地低声回道：“小民只是一名微不足道的小小商贾，但凭老爷吩咐！”

“几日之前，”狄公又道，“有个原籍广州的梁姓老妇人来到县衙，指名道姓地告你，还絮絮叨叨、缠夹不清地讲了一大篇话，听得本县一头雾水。后来有个知情的衙员道是这老妇人本已心神错乱，怪道如此。她还留下一卷文书，想必不过是些同样不知所云的拉杂言语，本县亦无须费神细看。

“不过本县既为朝廷命官，凡事总要依律而行，至少也得听过双方陈述后，方可将此案驳回，是故专程前来府上造访，想与林先生私下商议个妥善的法子，既可打发那老妇人满意离去，也免得大家徒然费时费力，彼此无益。

“在此须得言明一点：就本县的身份而言，如此行事不免有悖常规，只因那老妇人显然心智昏乱，而林先生无疑是一位品行端方的正人君子，故此觉得这么做也未为不可。”

林帆起身离座，对着狄公深深一揖表示谢意，然后再度落座，微微摇头叹道："此事说来不免令人心中凄恻。家父生前曾是梁老先生的至交好友，数十年来，小民亦是竭力维系护持这份通家之谊，其中苦楚，实在难与人言。

"老爷明鉴，当小民家业日益兴旺之时，那梁家却逐渐败落下去，一半是由于一连串无可设法的天灾人祸，另一半则是由于梁老先生之子梁鸿不善经营。我曾多次施以援手，奈何老天非得与梁家作对。梁鸿命丧歹人之手后，梁老夫人便接管了家中事务，可惜她在生意上处置不当，以致损失惨重，被债主日夜催逼，情急之下居然贩起私货禁品来，后来事发败露，全部家产皆被官府籍没。

"之后梁老夫人搬去乡下居住，又遇上一伙匪徒前来田庄放火打劫，还杀死了她的两个孙辈与数名家仆。自从私运禁品一事被官府查出后，我本应与梁家一刀两断，但又念及两家旧情深厚，终是于心不忍。

我还自出重金，立下赏格，使得真凶最终落网归案。

“然而只可惜梁老夫人遭遇这许多不幸后，心智日渐不明，居然无端臆想出梁家沦落至斯，都是因为我在背后一手作弄的结果。”

“此言甚是荒唐！”狄公插言道，“你明明一向助她最力才是！”

林帆缓缓点头叹道：“老爷洞鉴极是，故此也可想见，此事于我真是莫大的困扰。那老夫人不但一力纠缠，还到处造谣中伤，毁我清誉，简直无所不用其极。

“小民有一句话，私下里说与老爷听听倒也无妨，我之所以决意离开广州暂避数年，大半就是因为这梁老夫人始终不肯罢休。老爷想必也能体会得我的难处，无论如何，她终是梁家的一家之主，又是小民的岳母，我总不能公然去官府告她诬陷，但是若对这些子虚乌有的控告缄口不辩的话，在当地的声名又不免受损。本想着到了蒲阳总可清静一时，不料她竟又尾随至此，还告我绑去了她的孙子。多亏冯老爷目光如炬，立时便将此案驳回，想来如今她又将我告到了老爷面前？”

狄公并未立即作答，呷了几口清茶，又尝了几片林宅管家奉上的果脯，方才开口说道：“此案虽纯属空穴来风、徒乱人意，但本县仍是无法将其即刻驳回，此乃大不幸之事也。虽说并不愿添你烦劳，但届时亦不得不传你上堂问话，再听你有何辩辞，当然纯属例行公事而已，然后方可从容驳回。”

林帆听罢点头，一双奇异而不动的眸子定定地望着狄公，“不知老爷打算几时听取此案？”

狄公捻着颊须思忖半晌，然后答道：“这个恐怕难讲。只因眼前另有不少迄待处置的事由，加之前任冯县令卸任时，还留下几桩公事未曾了结，并且为了面子上敷衍得过去，县衙主簿如今正在研读梁老夫人呈上的案卷，读罢还须做个节略与我过目，故此一时无法说定。不过林先生敬请放心，本县自会尽快办理！”

“小民感激不尽！”林帆说道，“我原本打算明日便动身返回广州，留下管家在此照料，只因那边有几桩要紧事非得我亲去裁断不可。大约六七日前，我已将家中一应仆从先行遣回，正是因为临行在即，寒舍才会如此冷冷清清，老爷大驾光临，亦是礼数不周，恳请见谅。”

“本县定会尽心竭力，早日了结此案。”狄公说道，“不过林先生要离开蒲阳，真乃一大憾事也。如你这般来自南方著名商埠的卓越人物，竟会择蒲阳而居，实是本地的一大荣耀。如此穷乡僻壤，比起五羊城内的吃穿用度来，相差何止万一！本县不禁想冒昧问一句，林先生为何竟会选择蒲阳作为暂栖之地？”

“此事倒是不难说明。”林帆答道，“家父生前精力十分充沛，曾经为查看各处分号，乘着自家货船在大运河上南北往来。

“当他途经蒲阳时，深为此地的风光景致所吸引，于是决意要修建一座别墅，用作晚岁清养之所，只可惜天不假年，还来不及了此心愿，便已英年早逝。身为人子，我想自己无论如何也得在蒲阳为林家置一所宅第。”

“真是纯孝可嘉！”狄公赞道。

“没准日后小民会将此宅改作祠堂，专为纪念家父。这宅子虽然老旧，却是精工修建而成。小民虽说囊中羞涩，仍然设法做过多处修缮。不知老爷可否赏光，肯在寒舍中四处走走看看？”

狄公点头应允，于是由林帆引路，穿过二进庭院来到正房，却是比花厅还要阔大轩敞。

狄公四下一望，只见地上铺着专为此间定制的厚密地毯，横梁立柱皆是雕花精美并嵌有螺钿，家具一色由檀香木制成。窗上贴的并非窗纸或窗纱，而是许多薄而透亮的贝壳[1]，因此室内光线格外柔和。

---

1 即明瓦，又名“蠡壳窗”或“蚌壳窗”，用磨薄的透亮蠡壳来代替窗纸，是明清时代江南建筑的一种特色。清代中叶以后出现了玻璃，明瓦从此消失。

一路看去，其他居室亦是同样华丽典雅。

行至后院时，林帆微微笑道："家中女眷皆已离去，小民请老爷看看内宅亦是无妨。"

狄公连忙婉言谢绝，不料林帆却执意要请老爷看过，于是到底每间每户走了个遍。狄公心知林帆如此行事，无非是为了表明家中并未藏有不可告人之物。

二人转罢后返回花厅，狄公又饮了一杯茶，并与主人闲谈几句。

林帆在言语中透露出林家商号还做钱庄生意，其主顾皆是京师里的显贵要人，林家分号也遍布各个都市大埠。

一时狄公起身告辞，林帆依礼恭送至官轿前。

狄公正要上轿，转头又信誓旦旦曰定会设法尽早了结梁林两家的讼案。

回到县衙后，狄公径入二堂，立在书案前，随手翻阅着书办先前送来的公文，不过心里却始终放不下与林帆会面一事。或许这次将要面对一个最危险的对手，既精明老到又财势俱全。此人是否真会上钩入套，实在难说得很。

就在狄公思前想后之际，管家忽然走进门来。

“你到衙署里来做甚？”狄公抬头惊问道，“家中应是平安无事吧？”

管家面色尴尬，似是不知从何说起。

“到底出了何事，但说无妨！”狄公颇为不耐。

管家这才开口禀道：“回老爷，方才有两乘轿子到了后院，轿帘遮得严严实实。头一乘里坐着一个中年妇人，说是奉老爷之命将两位姑娘送来，除此之外，再不肯多说一句。此时大夫人正在歇息，小人不敢前去打搅，于是便与二夫人三夫人商议，但她们都说从未听闻过此事。小人不得已，只好贸然前来禀告老爷。”

狄公面露喜色，吩咐道：“将那两名女子先安置在四进庭院中，再派两个侍女前去分头服侍。你替我谢过那位送她们来的妇人，告诉她可以走了。其余的事情，过后我自会料理。”

管家听罢松了口气，躬身一揖，随即退下。

狄公又召来主簿与档房管事，一同商议一桩复杂的遗产分割案，直到晚间，方才返回内宅。

狄公径去大夫人房中，见她正与管家一同核对家中账目。

大夫人一见狄公进来，连忙起身。狄公遣去管家，在八仙桌旁落座，让大夫人也坐下。

狄公先询问儿女们跟着先生读书可有进境，大夫人一一恭敬答对，却始终双目低垂，一看就是心中不快。

狄公思忖半晌，说道：“就在今日午后，家里来了两名女子，想必你已听说了此事。”

“想来妾身总得亲自去走一趟，看看她二人可否被妥帖安置，”大夫人音声清冷地答道，“过后又派了翠菊与秋菊两个丫鬟前去服侍。老爷不日便会得知，秋菊的厨艺很是不俗。”

狄公听罢，满意地点点头。过了半晌，大夫人又道："我去四进院内看过后，有一事怎么也想不透：老爷若是有意纳小，不知为何事先竟一字不提，也不说交给妾身去仔细择人。"

狄公扬起两道浓眉："我选的二女不中你意，实在令我好生扫兴。"

"对于老爷的眼光品味，妾身向来无一微词。"大夫人冷冷说道，"只是据我想来，家中一向和睦，但那新来的两名女子显然素养有缺，与我们几个似非同道，只恐两下难合，日后不免生出龃龉。"

狄公起身决然说道："此事正要托付与你。我也明白她二人尚需调教，并且越快越好，就交给夫人亲自督导，教她们做些刺绣女红之类的活计，再学学读书习字。夫人之意我已深知，如今她二人就由你一手经管，并适时告知我进境如何。"

大夫人起身送狄公出门，又道："妾身还得提醒老爷一句，眼下的家用并不十分宽裕，再添两个人，便不够使花了。”

狄公从袖中取出一锭纹银来放在桌上：“这些银两拿去给她二人购置些衣物，若有其他开销，也从这里支出。”

大夫人躬身一拜，狄公出门而去，想到麻烦才刚刚开头，不由得长叹一声。

狄公一路穿廊过户，走到四进庭院。只见阿杏青玉正在新居内欣喜地四处打量，一见狄公进来，连忙双双跪下，称谢不已。

狄公命二女起来。阿杏恭敬地双手奉上一只封好的信袋。狄公打开一看，里面是二女的主家开具的赎身契，还附有一张措辞恭谨的便笺，由金华骆县令的管家亲手书成。

狄公将便笺纳入袖中，又将契纸交还给阿杏，并嘱她妥善保管，以备将来主家赖账时作为凭据，接着说道：“我那大夫人将亲自关照你们两个，不但教授家中所有规矩，还会买些衣料为你们做几件新衣，姑且先在此院中住上十天半月，以后再做计较。”又殷勤问过几句，随后返回二堂，吩咐仆从将长榻预备好，今晚就在此处过夜。

是夜狄公思绪万千，久久不能入眠，焦虑地自问是否真是智短力绌、难以胜此繁剧。林帆有钱有势，是个危险而无情的对手。外有强敌不说，如今又内起暗潮，狄公分明觉察出大夫人的态度疏远冷淡。每逢公务缠身、十分疲累时，这美满和睦的家庭，一向是自己得以稍歇的清静一隅，如今竟也生出不虞之隙来。

狄公心中七上八下，直到更敲二次后，方才朦胧睡去。

# 第十六回

赴衙院林帆访县令
入街市狄公扮相师

其后的两日内，关于梁林两家的案子略无进境。

几名亲信按时前来禀报消息，林帆那边却不见丝毫动静，似是连日都在书斋内闭门不出。

陶干主持清理瓦砾场之务，命工匠们将二进庭院内的院墙留下勿拆，又开出一条好走的坡道来，并将墙头弄得平整，每日怡然端坐于彼处，暖洋洋地晒着太阳俯视林宅。但凡那矮胖管家在庭院中现身，陶干定会冲他怒目而视。

乔泰禀报曰林家田庄内现有三人，要么在菜地里干农活，要么在水边的货船上做工。又道是此行不虚，果然从运河中钓出两尾肥大的鲤鱼来，皆已送至老爷家的灶间去了。

马荣带人潜入梁老夫人家对面的绸庄内，见阁楼很是宽敞，便乘隙教授一个年轻好学的衙役练些拳脚功夫，倒也十分得趣。又道是梁老夫人向来足不出户，只有老仆妇偶尔出门买菜，且从不见有行迹可疑之人在周围逡巡走动。

第三日，南门守卫扣住了一个进城的广州人，声称怀疑他与南郊出的一桩窃案有涉。此人随身携有厚厚一封书信，正是写给林帆的。

狄公仔细读过，发现未有任何可疑之处。此信由林家在外地某城的代理经纪寄出，只是生意往来的详细账目，不过其中提及的金额数目之巨却令人惊异，仅仅一笔交易便会入账几千两纹银。

此信被抄录后又还与来人，并随即将他放走。当日午后，陶干报曰此人果然去了林宅。

第四日晚间，乔泰在运河岸边截住了林宅管家，看情形他定是跳到河里，又潜游过水门的栅栏而未被守卫发觉。乔泰假扮作劫道的歹人，上前将他打倒在地，并从他身上搜出一封书信，收信人乃是京师里的一名高官。狄公拆开一看，只见信中隐约其词地暗示说应将蒲阳县令即刻迁至别处就任，并且赫然附有一张五百两黄金的庄票。

第五日清早，林帆遣一家仆给狄公送信，道是本宅总管遇袭遭劫。狄公发告捉拿人犯，并悬赏五十两纹银，又将乔泰得来的信件小心藏起，以备日后之用。

首捷过后，不料再无消息，于是又过去了六七日。

洪亮发觉狄公似乎忧心忡忡，性情也变得暴躁易怒，全然不见平日里沉着镇定的态度，并对军情格外留意，时常研读邻近诸县转发各地的密报，一看就是个把时辰，还亲手录下关于本省西南处发生暴乱的消息。据说那里有个新兴的教派，吸引了众多百姓入教，这一伙狂热的信徒居然与匪帮同流合污，因此惹出事端。如今虽然情势紧迫，到底相距甚远，绝无可能波及至蒲阳境内。洪亮见老爷对此事异常关注，不由得大惑不解。

除此之外，狄公还与蒲阳的军塞统领一力交好，且不说那统领掌管军务能力如何，其人实在是言语无味、性情沉闷，狄公却似乎十分得趣，与他大谈特谈本道中军兵将士如何分配、各处派驻多少等等，一说就是大半日工夫。

洪亮见老爷举止有异，且又缄口不言，即使对自己也不作一字解释，无复以往推心置腹，不免倍感伤怀，后来又觉察到宅内亦起风波，于是愈发忧心起来。

狄公偶尔去二夫人或三夫人处就寝，但大多数时候都在二堂的长榻上过夜，清早时也曾去过后院两遭，与阿杏青玉一道喝茶，略谈几句闲话，过后便又转回衙院。

光阴倏忽而过，自从狄公拜访林宅后，转眼已有半月光景。这天林宅管家来到县衙，送上林帆的名帖，道是他家主人意欲午后前来拜会县令老爷。洪亮

赴衙院林帆访县令

出来传话曰狄公深感荣幸。

午后时分，林帆果然乘了一顶遮挡密实的小轿前来，狄公热诚相迎，引着客人进入衙院花厅内落座，派人送上水果茶点，又殷勤劝进。

林帆客套寒暄了几句，语调平板如常，面上亦是漠然如故，显得难以捉摸。

林帆接着问起关于家丁遇袭一事可有线索，说道："敝宅管家要去田庄内捎个口信，从北门出城后，正走在水门外的河边时，不意竟被歹人打倒在地。那歹人不但劫去了他的随身之物，还将他抛进河里。幸好管家水性颇佳，自行游上岸去，不然早已溺水而亡了。"

"竟有如此心肠歹毒之徒！"狄公愤然说道，"不但动手劫掠财物，还企图将人淹死！本县拟将赏格加到一百两纹银。"

林帆庄容谢过，又定定地望着狄公，问道："不知老爷能否抽出空来，以便听取小民的案子？"

狄公摇头叹息道："衙内主簿仍在忙于研读那些案卷哩！有些地方还须与梁老夫人核实，但她又难得头脑清醒片刻，你亦是心知肚明。不过本县一向十分关注此事，相信很快便会一切就绪。"

林帆深深一揖，"这不过是两桩小事而已。小民今日前来，却是另有缘故，非得老爷出面方可解决，否则断乎不敢贸然搅扰。"

"有话但说无妨！"狄公说道，"本县乐意效劳！"

林帆惨然一笑，手抚下颌说道："老爷一向与高官名流们往来，自然深谙朝廷内外事务，然而我等小小商贾，对此却是茫然无知。老爷可能不会想到，若是对此稍微有些见识的话，则往往可以省却数千纹银。

"小民从在广州城内的经纪那里得知，有个生意上的对家，如今攀上了一位官场中人，专为他提供些可靠的消息。小民心想不妨依样照办，只可惜有心无路，一个平常商贾，哪里能与官家搭得上关系。老爷若肯施惠荐举一二人选的话，小民自是感激不尽。”

狄公拱手一揖，急急说道：“林先生居然屈尊向本县问计，实在荣幸之至。只可惜我不过是区区一名县令而已，着实想不出哪位故友足够精明练达，堪为林家这样的大商行献策。”

林帆呷了一口清茶，又徐徐说道：“小民还听说我那对家抽出一成的赢利来赠予那官员，作为替他出谋划策的一点酬谢。这一成赢利对于高官来说，自是微不足道，不过据小民估算，每月大概也有五千银子，总可补贴一点家用。”

狄公手抚长髯，沉吟道：“此事本县真是爱莫能助，心中好生过意不去，还望林先生体谅。本县如果不是对林先生如此看重的话，定会引荐一二故交与你结识，只可惜在我看来，即使其中最具才干之人，仍不足以担此重任！”

林帆起身说道：“小民出言唐突，还请老爷见谅。小民只想再进一言，即方才随口说出的数目只是粗略估算而已，实则很可能翻上一倍。没准老爷日后会想起适宜的人选来也未可知。”

狄公亦起身说道：“本县深为抱憾，奈何交游不广、知己寥寥，一时实在想不出一个够格的来。”

林帆又躬身一揖，告辞而去，狄公亲自送至轿前。

狄公送客归来后精神大振，对洪亮讲述了一番方才情形，最后议论道：“老鼠心知自己落入网中，开始想要咬断绳子了！”

不料一夜过后，狄公又转回原先萎靡不振的模样。陶干前来禀报自己如何一力搅扰那林宅管家，说得兴高采烈，狄公听罢，面上仍不见一丝笑容。

如此又是六七日无话。

这天午衙退堂后，狄公独自一人坐在二堂内，没精打采地翻阅一沓公文。

从外面走廊上隐约传来低语声，却是两个衙吏站在那里闲话。狄公无意中闻得“暴乱”二字，立时从座中跃起，蹑手蹑脚走到窗前。

只听一人说道：“——如此说来，不必担忧这场暴乱会继续蔓延。不过我刚刚听说，本道节度使为了谨慎起见，打算在金华附近集结大量兵力，以示军威哩。”

狄公将耳朵愈发贴近窗纸，又听另一人说道：“难怪如此！与我相识的一个什长也说过，邻近各县的所有军营要塞均收到急令，今晚便要整兵奔赴金华。如果真是实情的话，则官府联络须由县衙处置，并且——”

狄公无心再听下去，急忙打开存放重要公文的铁柜，取出一只大包裹与几张文书来。

洪亮走入二堂，忽见老爷像换了个人似的，不免又吃一惊。狄公一扫先前的冷漠倦怠之态，开口命道：“洪亮，我立时便要离开县衙，去做一桩极其要紧的秘密公干！有几句话要吩咐你，千万仔细听好，时间紧迫不能重述，并且无暇解释，你只管按我说的去办，明天自会真相大白。”

狄公交给洪亮四只信封，“这里有四份我的名帖，须得送给四位当地名流。他们个个都是品格端方，且又广受敬重。我是经过深思熟虑才挑选了他们几位，即使连宅院坐落何处，也都一一考虑过了。

“这四人分别是现已致仕还家的鲍将军与万法曹，金匠行会首领凌掌柜与木匠行会首领文掌柜。今晚你就替我去见过他们，并告知曰明早天亮前半个时辰，我有一桩极其要紧的案子需要他们前来作证，且不得将此事泄漏一字出去，请他们届时在各自宅院内先将坐轿与随员准备停当。

“然后你再悄悄召马荣乔泰陶干三人回来，换上衙役去当班。告诉他们明早天亮前一个时辰在衙院中庭内待命，马荣乔泰须得全身披挂骑在马上，并且背弓佩剑！

“你们四人再将全体衙员悄悄叫醒，包括书吏、衙役与走卒，我的官轿也得在中庭内预备妥当，所有人员须得在各自的地方待命，众衙役带好棍棒、锁链和长鞭，留神动静越小越好，也不要点起灯笼。你务必将我的官服与官帽都放在轿中，由狱卒负责守卫衙院。

“如今我非走不可了，明早天亮前一个时辰，你我再见！”

狄公不等洪亮开口，便已携着包裹出了二堂，一路急急走回自家内宅，径直来到四进庭院中，只见阿杏青玉正在绣一件衣袍。

狄公与二女急急叙话了两刻钟，然后打开包裹，里面是一身算命先生的衣袍与黑方帽，还有一幅大字招幌，上面写着：

彭祖在世

黄帝真传

专卜吉凶

灵验非凡

狄公在二女襄助下换过衣袍，又将招幌卷起纳入袖中，凝神注视着阿杏，郑重说道：“此事就全托赖你们姊妹了！”

二女听罢，深深下拜。

狄公从后角门出了宅院。当初他为二女选择这四进庭院，原本也是深思熟虑过的，此处不但离别院甚远，且又有这扇角门可以通向衙院背后的园林中去，因此便可掩过众人耳目悄悄离去。

狄公行至大街上，立即展开招幌，混入人流之中，在城内的僻静街巷里四处游走，消磨了数个时辰，路过饭铺货摊时，喝了不知多少茶水下肚。一旦有人前来求卦问卜，他便推辞曰正要赶去一个要紧的人家赴约。

夜幕降临时，狄公正走到北门附近，在一家平常饭铺里吃了顿便饭，心想还有整整一晚需要打发，掏钱付账时，忽然记起或许应去圣明观瞧上一瞧，马荣绘声绘色讲述过的鬼怪故事颇是令人起兴。一问伙计，方知圣明观就离此地不远。

狄公一路问过数人，终于找到了通往观门的小巷，凭借前方闪烁的灯火，在黑暗中小心地择路前行，走到道观门口一看，眼前的景象果然与马荣所述一般无二。

盛八靠墙坐在原地，几个手下从旁围成一圈，正在掷骰子。他们朝狄公上下打量一番，直至看见那招幌，方才打消疑虑。

盛八朝地上啐了一口，怒道："老兄还是趁早离开此地为妙！回想过去已经够让我心中酸苦了，哪里还禁得起瞻望日后呢。獬豸触壁也好，飞龙升天也罢，还不都是烟消云散。依我看来，连你这模样也好生阴森怕人哩！"

"不知此处可有人名叫盛八？"狄公客客气气地问道。

盛八一跃而起，动作敏捷出人意表，两名汉子也朝狄公森然逼近。只听盛八喝道："从没听说过此人。

你这厮问东问西，想要做甚？”

狄公温颜答道：“各位少安毋躁。在下适才偶遇一个同业中人，他见我正往这边来，便给了我两串铜钱，道是有位丐帮中的朋友托他到圣明观前，找到一个名叫盛八的人，再将这钱送至他的手中。既然那人不在这里，我也便就此不提了！”说罢转身欲走。

“你这奸猾的狗头！”盛八愤愤叫道，“竖起耳朵听好了，老子便是盛八。你胆大包天，竟敢卷去本属丐帮军师所有的钱财不成！”

狄公忙取出两串铜钱来，盛八伸手攫去，一五一十地数起来，验完后方才说道：“适才多有得罪，还望老兄见谅！有劳你跑这一趟腿子，此番好意我心领了。只是近日里有几名行迹古怪的人物来过，有一个汉子看似爽直，我想总该助他脱困，不料却又听说这人不但满嘴谎话，竟然还是在县衙里做公的。要是连朋友都没法再相信的话，这还成个什么世道！与他一起赌彩头倒真是十分得趣哩！

"且罢，你既帮我一回，就在此地坐下稍歇片刻。你既能未卜先知，想必与你掷骰子也是赢不来钱的。"

狄公蹲下与众人闲聊。他曾对黑道颇有研究，讲起黑话来也十分流利自如，随口说了几段，便赢得一片喝彩，接着又讲起一则令人毛骨悚然的鬼故事来。

盛八扬手示意，厉声说道："老兄暂且打住！这些鬼物正与我等比邻而居，只要我在这里，便不许有人对它们妄加评议！"

狄公面露惊异之色，于是盛八又述说一番后面道观中发生的种种，全是马荣口中讲过的情形。狄公听罢说道："说来这些鬼物与我的生计大有关联，自然从不会讲它们半句坏话，并且时常得其相助，还能赚到不少银子。故此我有时也行些善事，比如在它们时常出没的犄角旮旯里供上一碟油糕，可讨它们的喜欢哩。"

盛八一拍大腿，叫道："怪道昨晚我丢了几块油糕，原来是被它们拿去了！真是天天都能长见识啊！"

狄公瞥见旁边一个汉子低头暗笑，假装浑然不觉，又道："我想去观内仔细瞧上一瞧，不知你可否介意？"

"你既与鬼物打惯了交道，但去无妨！"盛八答道，"你还可以顺便告诉它们一声，就说我等都是正派良民，理应夜里睡个安稳好觉，不当受到惊扰才是！"

狄公借了一支火把擎在手中，走上通向观门的台阶。

大门由硬木制成，用一把铁制广锁锁住。狄公举起火把一看，只见锁上贴着长长一条纸片，上书"蒲阳县衙"字样，还盖有冯县令的大印，日期是两年以前。

狄公绕着门前空地转了一圈，找到一扇小门，虽也上了锁，但门扇的上半部却是格栅，于是将火把在墙面上摁灭，踮起脚来，朝漆黑一团的观内张望，悄立半晌，凝神谛听里面的动静。

从后殿中隐约传来沙沙的脚步声，不过也可能是蝙蝠飞行时发出的响动，过了半晌便沉寂下去。狄公不能确定自己是否听得真切，又耐心等待半日，似又闻得隐隐的敲击声，随即戛然而止。

狄公在黑暗中默立良久，到底还是一片死寂，再无响动，不禁摇一摇头，心想这圣明观果然值得好好搜查一番。虽说沙沙声可能自有来历，但那敲击声却相当可疑。

狄公返回观前，盛八问道："你去了这半日，可瞧见什么不曾？"

"不值一提，"狄公答道，"不过是两个青面怪，正在那里掷骰子赌人头罢了！"

"老天！这算什么东西！"盛八叫道，"只可惜任谁也不能挑选邻居！"

狄公告辞而去，复又走回大街上，在僻静处拣了一家名叫"八仙居"的客店，店面虽小，却十分整洁，于是租了一间客房过夜。伙计前来送茶时，狄公道是明日一大早城门一开，自己便要动身启程。

狄公喝过两盅茶，裹紧衣袍躺倒在床上，阖眼略睡了几个时辰。

# 第十七回

天明前众人闯佛寺
大殿外县令审淫僧

四更鼓响时，狄公翻身下床，用凉茶漱过口齿，掸掸衣袍出了八仙居。

此时街市上阒无人迹，狄公快步行至县衙正门前。一个睡眼惺忪的守卫出来，见县令老爷这身古怪打扮，不禁猛吃一惊，忙不迭地开启大门。

狄公一言不发径入中庭，隐约可见一乘官轿停在地上，四周默然肃立着一群黑黢黢的人影。

洪亮点起一盏纸灯笼，助狄公进入轿内。狄公脱下衣袍，换好官服，又戴上乌纱帽，然后掀开轿帘，示意马荣乔泰过来。只见二人身披骑兵百长的锁子甲，头戴尖顶铁盔，左右各佩有两柄长剑和一张硬弓，箭袋里满满插着羽箭，好不威风凛凛。

狄公对二人低声命道："我等先去鲍将军府，然后是万法曹府，最后是两位行会首领的宅院。你们两个骑马在前引路。”

马荣躬身一揖，“回老爷，我们已用稻草将马蹄裹起，因此断不会发出响动。”

狄公欣然点头。一行人马出了县衙，悄悄绕过院墙朝西而去，然后又折向北面，直奔鲍将军府。

洪亮上前叩门，两扇大门立时敞开。只见一顶军用大轿已在庭院中备好，另有三十名家仆在周围待命。

官轿进入院中，狄公出了轿门，与鲍将军在通往花厅的阶脚下会面。只见鲍将军一身戎装，虽已过古稀之年，却仍是雄风不减，身着绛紫绣金长袍，外披金色锁子甲，腰间佩一柄镶玉大刀，头戴一顶曾在西域打胜仗时用过的金盔，上面镶有五色盔缨。

二人彼此见礼后，狄公开言说道：“如此非常时候搅扰了将军，本县深感抱歉，不过为了破获这起重案，非得将军亲临现场不可。还请依照信中所述循序行事，以便日后好在公堂上作证。”

鲍将军对于这场夜袭似乎十分有兴，简短答道：“老爷既为县令，老夫自是一切听命，这就上路吧！”

之后众人又去了万法曹与二位行会首领的家中，狄公亦是同样行事。

此时人马已有五队，人数亦已过百。行至北门时，狄公在轿中唤马荣前来，命道：“一出城门，你和乔泰便传话下去，任何人都不得离队自去，否则以杀头论处。你二人务必张弓搭箭、前后巡视，一见有人逃脱，便立即放箭。如今且去前面命令守卒开门！”

两名兵士迅速将厚重的城门推开，一行人马急急通过，朝东直奔普慈寺方向。

行至山门殿前，洪亮上前叩了几下，只见一个睡眼惺忪的守门僧从窥孔中露出头来。洪亮高声说道：“我等从县衙中来，专为捉拿一名潜入贵寺的盗贼，快快开门！”

只听传来下钥开锁之声，门扇嘎吱吱开启。马荣乔泰松缰纵马闯入，趁势推得山门大开。两名僧人早已吓得失了魂魄，旋即便被拿住并关在门房内，又被告知曰胆敢出声的话，定会人头落地。一队人马悄然入寺，狄公出了官轿，其他四人紧随其后。

狄公低声命四人随他一道进去，其余随员则留在原地。陶干在前引路，马荣乔泰断后，一行人悄无声息来到大雄宝殿前。

阔大的平台上漆黑一团，唯有观音像前的长明灯发出几点微光。

狄公举手示意，众人静立不动。过了半晌，只见一个裹着尼姑衣袍的纤细身影从黑暗中走出，行至狄公面前躬身下拜，又伏耳低语几句。

狄公转头对陶干命道：“带路去那住持的寝处！”

陶干走上石阶，直朝大殿右边而去，指向穿廊尽头一扇紧闭的小门。

狄公对马荣点头示意，马荣上前用肩头猛然一撞，门扇应声开启，然后立在一旁，让众人鱼贯而入。

只见室内陈设十分华美，明晃晃燃着两支巨烛，一股浓烈的薰香气味扑鼻而来。灵德躺在乌木雕花长榻上，盖着一床绣花锦被，正在呼呼大睡。

“去将那人拿下！”狄公命道，“再用链子锁了！”

马荣乔泰一把将灵德从榻上拖至地下，不等他全然醒转，已是双手反剪、铁链加身。马荣又将灵德拽起，喝道：“还不快向老爷行礼！”

灵德面如死灰，仿佛突然间堕入了阿鼻地狱，眼前浑身披挂的二将，正是那十殿阎君左右的牛头马面。

狄公对鲍将军等人说道：“还请各位仔细看清这人，尤其留意他的头顶！”又转头对洪亮命道：“赶快跑去对院内的众衙役传话，命他们将寺内所有僧人通通拿下，并用链子锁了。如今可以点亮灯火，陶干自会引路去那边僧房。”

转眼工夫，普慈寺内一片通明，到处亮起了书有“蒲阳县衙”字样的灯笼，四下里喝令叫嚷不断，又兼撞门入户链锁当啷。凡有顽抗不从者，衙役们便挥棒扬鞭晓以颜色，一时鬼哭狼嚎之声不绝于耳，六十名僧人皆被捉来，齐集于庭院内，个个吓得魂飞魄散。

狄公立在阶前默默审视，这时高声命道：“令他们六人站成一排，面向这边跪下！”

众人依令而行后，狄公又道：“去叫所有的人来，绕着庭院三面列队站好！”又转头命陶干引路去后花园，并对裹着尼姑衣袍的女子说道：“青玉，你去指认阿杏歇宿的亭阁！”

陶干推开花园角门，与青玉各提着一盏灯笼在前照亮，一行人走上蜿蜒小径。烛光摇曳中，院中景致更显幽美，恍如天宫仙境一般。

竹林中有一座小巧亭阁，青玉行至门前止步。

狄公示意鲍将军等四人走上近前，待众人看清门扇紧锁、上面贴的封条完好无损后，方才对青玉微微点头。青玉上来将封条揭下，又摸出钥匙打开门锁。

狄公抬手叩门，叫道："蒲阳县令在此！"旋即退后两步。

朱漆门扇缓缓开启，只见阿杏裹着薄绸长裙，手擎烛台立在当地，看见众人都在目前，连忙退后几步，披上一件斗篷。于是众人走入阁内，只见墙面上悬着大幅观音画像，卧榻上铺有锦褥绣被，一应器物皆是华美异常。

狄公对着阿杏郑重一揖，其他几人也依样而行，鲍将军头上的盔缨飘动，飒飒有声。

狄公开口问道："暗门在哪里？"

阿杏走到朱漆门扇前，将一枚铜钉转动一下，只见正中窄窄一块门板赫然开启。

陶干见状，不禁举手加额，失声叫道："居然连我都骗过了！我四处都查看过，却唯独漏了这就摆在眼皮子底下的一处地方！”

狄公转头对阿杏问道：“其他五座亭阁内，是否也都有人歇宿？”见阿杏点头，又道，“你与青玉一道去前面的客房内，叫那几位妇人的夫婿过来，先开门接出各自妻室，然后再独自去大殿前齐集，待我问案时，还望那几位夫婿都能从旁听审。”

阿杏青玉领命而去。狄公又仔细检查过阁内，指着床榻边的一张小几，对众人说道：“请各位留意案上的这只象牙小盒，里面装的是胭脂膏子，并记住它放在何处！有请鲍将军将此盒封存起来，日后好作为证物出以示人。”

陶干倚在门首，仔细查看那扇暗门，原来只要转动一枚铜制门钉，从内外都可悄然开启。

一时阿杏回来，禀报曰其他五座亭阁中的女子皆已去了前院，各家夫婿已在大雄宝殿前等候。狄公引着众人看过其他亭阁，这次陶干不费吹灰之力便寻到了每一扇暗门所在。

众乡绅闯入普慈寺

狄公对众人肃然说道："各位，本县请你们出于一片善心仁义，大家合力将此事瞒过世人。我预备在审案时，只道是其中两座亭阁并未装有暗门，且不会提及具体方位。不知各位意下如何？"

"老爷所虑极是，对百姓真是体贴入微。"万法曹应道，"老夫十分赞同只将实情暗中录下，留作以后判案时采用即可。"

狄公与其他几人纷纷赞同，随后狄公又道："我们此刻便去大雄宝殿前，本县将在那里先行预审一番。"

一行人来到平台上，已是破晓时分，微红的霞光正映在阶下六十颗圆圆的秃头上。

狄公命衙役班头从斋堂内搬来一张大桌与几把座椅，布置成临时公堂的模样。马荣将灵德押至案前。

灵德在微凉的晨气中瑟瑟发抖，一见狄公，便高声叫骂道："你这狗官，当日收过我的金银可怎么说！"

"只怪你会错了意，本县只是借来用用罢了！"

狄公冷冷说道，“正是托赖那些银钱，你才得有今日的下场。”

狄公示意鲍将军与万法曹坐在右首，两位行会首领坐在左首。洪亮搬来两张矮凳放在案桌一侧，让阿杏青玉坐下，自己立于二女身后。主簿与两名书办已在一张小几旁坐定，马荣乔泰站在平台左右两旁。

待众人各自安定后，狄公环视四周，只见一片寂静，于是开口威严宣道：“本县在此初审普慈寺一案，案犯为住持灵德，还有尚不知数的一干僧人。罪名共有四项，通奸或强暴良家妇女，玷污佛门清静之地，并敲诈勒索财物。”说罢扫了班头一眼，命道：“带证人前来！”

阿杏起身离座，行至案桌前跪下。

狄公说道：“在此处设下公堂，实是情非得已，证人无须下跪回话。”

阿杏盈盈立起，将蒙在头上的兜帽掀去，身姿窈窕，双目低垂，裹着一袭长袍。狄公看在眼里，不由得面色稍缓，温颜说道：“你且报上姓名，再将事情的前后经过细细道来。”

阿杏颤声答道：“奴家本姓杨，名叫阿杏，原籍湖南人氏。”主簿从旁振笔疾书。

狄公靠坐在椅背上，命道：“且往下说！”

# 第十八回

阿杏细述惊人罪状
狄公详解往日隐情

THE CHINESE BELL MURDERS

阿杏乍一开口时，不免有些羞涩吞吐，后来心中渐定，说话也愈发流利从容，众人默无一语，静听她朗声道来。

“就在昨日午后，奴家和妹子青玉一同来到这普慈寺中会见住持，并恳求他许我参拜观音宝像并祝祷求子。那住持道是唯有在寺内留宿一夜，并在观音像前虔心默祷方可灵验，还要预收房金，于是我便给了他一锭金元宝。

“到了晚间，那住持引着我们姊妹二人去了后花园的一座亭阁中，吩咐说是奴家须得在那里过夜，我妹子则另去客房中歇宿。为了免生口舌是非，由我妹子亲自锁了阁门，再用一纸封条贴在锁上，又加盖印章，并将钥匙交给她保管。

“我独自一人留在上了锁的阁内，见墙上果然悬着一幅观音像，便上前默默祝祷良久，过后不觉生出几分倦意，于是躺在榻上稍歇，连梳妆台上燃着的蜡烛也未吹熄。

“大约二更过后，奴家忽然醒转过来，却见那住持赫然立在榻前，道是定能使我如愿以偿，说罢便一口吹熄了烛火，上来强行搂抱。我早已将妆盒打开并放在枕旁的小几上，趁他不备时，将胭脂膏子涂抹在他的头顶。事毕之后，那恶僧还说道：‘待到你如愿得子之时，可别忘了派人送些谢礼到敝寺中。若是不见谢礼的话，只怕你那夫君难免会听到些令他不快的闲言碎语哩！’说罢不知怎的便消失了踪影。”

人群中发出一阵骚动和低语声。只听阿杏接着叙道：“奴家心中悲苦莫名，正在黑暗中伏榻哭泣时，忽然又钻进来一个贼秃，嬉笑道：‘情郎来也，小娘子何必悲伤！’我一力撑拒哀求，奈何仍是被他玷污了去。尽管身心受创，我还是在他头顶上也做下了同样的记号。

“我暗自决意要报仇雪恨，又见那贼秃面相蠢笨，便假装对他情意绵绵，从茶炉里拣了一块尚未燃尽的炭火点燃蜡烛，时而言语调笑，时而媚态逢迎，到底哄得他指给我看过那暗门装在何处。

“这僧去后，又进来了一个，我推说身上不爽快，将他打发出去，不过推搡之际，仍将胭脂抹在了他的秃头上。

“半个时辰前，我妹子前来叩门，道是县令老爷已经驾临，奴家便让她立刻转告老爷，说我愿意作证告发这起淫僧。”

狄公威严命道：“本县有请各位证人，验过头一名被控人犯头顶的印记。”

鲍将军与其他三人立时起身。此时晨色愈明，只见灵德圆圆的光头上，果然有一片鲜红的掌印。

狄公又命衙役班头再去查看那些跪在地上的众僧，凡是头上有类似红印之人，全都带上前来。

亭阁内住持惊女客

班头旋即带回两名僧人，并按在灵德身旁跪倒。众目睽睽之下，三颗秃头上的鲜红印记十分触目。

狄公宣道："这三名人犯罪行确凿，并无疑义。原告可暂退一旁。本县拟在今日午衙开堂时再细审此案，届时将重述所有人证物证，并审问寺中所有其他僧人，以证实可否涉罪。"

就在这时，忽见一个跪在前排的老迈僧人抬起头来，颤声叫道："请老爷听贫僧说一句话！"

狄公示意班头带那老僧到近前来。

"老爷在上，"老僧颤巍巍地说道，"贫僧法名了悟，是这普慈寺原先的住持。那个现以住持自居的贼人，不仅来路不明，而且从未正式受戒。数年前他来到此地，逼迫我让出住持之位。后来又假借观音送子而犯下秽行，贫僧对此持有异议，他便将我囚禁在后院的地窖中，直到刚才老爷的手下打开牢门，这才得以重见天日。"

狄公抬头对班头命道："将详情报来！"

“回老爷的话，”班头应道，“这老和尚当真是关在后面一间小室中，外面上锁加闩，门上还有一个小小的窥孔。我听见里面传出有气无力的呼救声，便叫人将门撞开。他被我们捉住后，只说要到老爷面前讲几句话。”

狄公缓缓点头，对那老僧命道：“你且说下去！”

“贫僧原有两名徒弟，一名本来与我同在寺内，只因威胁要去本派长老面前告发那贼人，竟被下毒害死了。还有一名如今也跪在这里。他以前佯装叛师附贼，实则暗中窥探寺内一干淫僧的举动，再趁隙悄悄给我通风报信，只可惜他没能找到任何证据。后来查得在寺中作恶的只是灵德及其亲信，其他人并不知情。我命那徒儿暂且忍耐一时，若是贸然前去报官，只会使灵德杀我二人灭口，而揭露其秽行的一线希望也便从此断绝。如今他可为老爷指出哪些僧人是灵德的党羽。

“至于其他僧众，或是虔心修道，或是惫懒无行，只为贪图寺内香火旺盛、金银富足而不舍离去。此间种种情形，贫僧但请老爷定夺裁断。”

狄公递个眼色，衙役将老僧身上的锁链除去。老僧又引着班头，走到一个年长僧人面前，由那人逐一指认出十七名年轻和尚，随即被悉数带到案桌前。

这一干人跪下后，立时七嘴八舌叫骂起来，有的道是被灵德威逼胁迫才犯下淫行，有的求老爷开恩，还有的大声叫嚷着要自供实情。

“肃静！”狄公喝道。

衙役们上前动起手来，大棒长鞭纷纷落在众僧的头上或肩上，于是喧哗平息，只听得一片吃痛不禁的低声哀吟。[1]

狄公待堂下重又恢复肃静，方才宣道：“其他僧人除去锁链，即刻恢复寺内正常法事，一切听从了悟

1 “这一干人跪下后……只听得一片吃痛不禁的低声哀吟”在荷文本中为“这一干人大声叫嚷，衙役们挥动长鞭大棒，打在众僧的肩头，直至怨骂叫屈转为低声哀吟”。

法师的安排。”

这时听审者愈来愈多，多是住在北郊的百姓闻得消息后赶来围观。当所有清白僧众皆被遣走后，百姓们涌向阶前，对着十几名淫僧唾骂不已。

“众人姑且退后，先听本县说话！”狄公高声喝道。

“当此清平世界，不意竟有奸人暗中作祟，秽乱纲纪，直犯下祸国殃民之罪。孔圣先师说过人伦乃是家国之本，多少良家妇女，出于对家门声誉和香火血脉的责任，前来虔心拜佛，略无防备之意，不料却横遭这起淫贼的欺凌污辱。

“所幸这些贼人尚未胆大妄为到在所有亭阁中全都做下手脚。本县经过勘查，发现其中两座亭阁不曾装有暗门，唯有多谢老天暗中护佑。故此本县可以断言，曾在寺中歇宿过的妇人后来诞育的子女，并非全是淫贼留下的孽种。

“本县返回蒲阳城后，将在午衙开堂时再细审这一干淫僧，届时人犯自可坦承罪行。”

狄公又转头对班头说道："县衙大牢监舍狭小，容不下这许多人，你可将他们暂时羁押在衙院东墙外的围栏内，此刻便解送上路！"

灵德被带走时，冲着狄公叫道："你这狗官还蒙在鼓里。不出几日，你我便会掉个个儿，轮到你披枷带锁由我摆布了！"

狄公闻听此语，只是冷冷一笑。

众衙役将这二十名僧人分作两列，每列十人，拿铁链锁成一串，用大棒驱赶着上路回城。

狄公吩咐洪亮带阿杏青玉去前院，再用自家官轿送她二人回宅，又对乔泰命道："此事一旦传遍蒲阳全城，怕是会有暴民前来泄愤滋事。你且快马加鞭赶去军塞，让那统领即刻派一队兵士荷戟持弓赶去衙院外，排成两列护卫在围栏前。军塞离衙院不远，因此兵士们可在人犯抵达前先到一步。"

乔泰领命匆匆而去，这时鲍将军开言道："老爷所虑甚是周到！"

狄县令当众审淫僧

“各位，本县怕是还得耽搁你们一些工夫。”狄公对四位证人说道，“普慈寺内颇富金银，须得与各位一道将各色财物封存起来，然后再返回城去。日后上宪必会下令将寺内所有财物没收充公，届时县衙也需呈上一份清单细目。

“既然寺内财物须得造册登记，想必总要花上个把时辰方能点算明白，不如我等先去用些早膳为好。”

狄公派了一名衙役跑去灶间传令，然后众人行至天王殿旁的斋堂内。围观的百姓亦纷纷散去，人人口中兀自恨骂不休。

狄公意欲趁着吃饭时向几名亲信面授机宜，于是对鲍将军诸人告罪失陪。

当鲍将军等人正在为了谁坐首席而雍容揖让时，狄公已拣了几步开外的一张桌子，与洪亮马荣陶干团团坐下。

两名小僧送上米粥和腌菜，众人默默用起饭来。待小僧走远后，狄公方才苦笑道：“我这一向想必是举止乖张、不近人情，以洪都头受害尤烈。此时方可对你们道出其中缘由。”

狄公吃完米粥，放下小勺，开言叙道：“洪都头，那天灵德派人公然行贿，你眼看着我竟收下了三金三银共六锭元宝，心里一定十分气苦吧！其实那时我胸中尚无定见，只想着这些金银迟早会派上用场。你们皆知我除了官俸之外，别无其他财路，若是从县衙银库中支取银两，又怕被灵德安插在衙内的耳目探得消息，从而发觉我将要对他不利。

“恰如后事所证，这些贿银正好用来布下陷阱，其中为阿杏青玉赎身花去两枚金锭，还有一锭我交给阿杏，嘱她送给灵德，好获准在寺内过夜。至于那三锭银子，一锭赠予金华骆县令府上的管家，算是酬谢他为此事奔走效力并送二女前来蒲阳；一锭交与贱内，为阿杏姊妹二人采买衣物；还有一锭则为她俩购置斗篷，并租了两乘上等软轿前来这普慈寺中。洪都头如今总可疑虑尽消了吧。”

狄公见三人面上皆是如释重负的表情，微微一笑又道："我之所以在金华选中这姊妹二人，正是看准了她们虽然沦落风尘，却依旧心地纯良，农人之所以能成为支撑我大唐的脊梁，正是由于这份淳厚的天性。我深信若是她们肯助我一臂之力的话，定会大功告成。

"然而家中内眷却误以为我买下她们是为了要充作姬妾，甚至二女本人也是同样的想头。我不敢向任何人吐露一字，即使对贱内也是如此。正如方才所言，灵德那厮很可能在宅院内布下了眼线耳目，我万万不可走漏一丝风声，因此只得耐心等候，待二女已然惯熟了官家眷属的生活，方可假扮成大家侍妾与贴身婢女的模样依计而行。

"多亏了贱内的悉心调教，阿杏这块璞玉才能迅速琢磨成器，于是昨日我终于决意动手。"

狄公伸箸夹起几片菜叶，又道："昨日与洪都头告别后，我一路径入后宅，对二女道是疑心这普慈寺内大有隐情，问阿杏可否愿意假扮成大家姬妾前去打探，此事全由她自行定夺，绝无勉强之意，我还另外设下一计，无须劳动她二人亦可施行。不料阿杏听罢立时应允，慨然答道如果明明可以帮助其他女子免遭淫僧荼毒却袖手旁观的话，定会自恨终生。

“于是我吩咐她们穿上贱内为之预备下的上好衣裙，又各自裹了一件带风帽的尼姑僧袍，从后门悄悄溜出宅院，在街市中雇了两乘头等软轿赶到普慈寺。阿杏对灵德道是从京师慕名而来，夫家声名显赫不便透露，自己身为侍妾，既遭正房妒恨，又恐夫婿有朝一日情淡爱弛，便会惨遭抛弃，只因其夫尚无子嗣，故此特来求菩萨保佑能诞下麟儿，方可确保终身无虞。”

狄公略停片刻，几名亲随听得入迷，连碗筷几乎都不曾动过。

“这一番说辞听去倒还入情入理，”狄公又道，“但我深知灵德那厮狡狯异常，担心他会因为阿杏连真名实姓都不肯吐露便一口回绝，又叮嘱阿杏既要满足灵德的贪心，又要勾起他的色欲，不但塞给他一锭金元宝，且又示之以俏丽姿容，言语举止中，分明显出对这相貌堂堂的和尚十分倾慕。

“最后我又嘱她在亭阁内过夜时应如何行事。既然当日陶干亲自出马也没能找到暗门机关，我就更不能断言那观音像的法力到底是实是虚。”

陶干面色尴尬，连忙端起碗来埋头吃粥。狄公微微一笑，接着又道：“于是我对阿杏说，若是神仙当真下降显灵，便跪地恭迎并道出所有实情，这欺瞒上仙的罪过，全由我这县令一人承担；若是有生人钻进屋来，就试图寻出暗道之所在，全凭随机应变，还交给她一只妆盒，里面盛有胭脂膏子，专为用来涂抹在非礼她的淫贼头上。

“及至四更鼓响时，青玉须得悄悄溜出客房，走到阿杏歇宿的亭阁前，叩门两下。如果听到里面敲四下作为回应，则说明并无隐情，如果敲三下，则表示确有淫秽邪行。

“至于其后发生之事，你们皆已耳闻目睹过了。”

马荣陶干听罢拊掌称快，洪亮却面露忧色，犹豫半晌后开口说道：“记得老爷曾经说过普慈寺一事不许再提，那一席话令我甚为担忧。老爷还说即使已有确凿的证据在手，并且一干淫僧也已供认不讳的话，那佛徒中的身居高位者亦会介入此事、暗中回护，不等案子具结，便已保得他们逍遥法外。这又该如何应对？”

狄公紧皱浓眉，手捋长髯沉吟不语。

就在此时，只听一阵马蹄声由远及近，乔泰大步流星奔入室内，四下迅速一望，直朝这边跑来，满头大汗，喘着粗气说道：“启禀老爷，我奉命去军塞传令，没承想那里只剩下三四个小兵留守，由于本道节度使大人下令急召，大队人马已于昨日赶赴金华而去！回来的路上，我正好经过衙院外的围栏，看见一大群怒气冲冲的百姓正冲将过去，足足有三四百人之多。衙役们吓得一哄而散，全都躲进衙院内去了！”

“这可真是不巧得很！”狄公吃惊说道，“我们即刻回城！”又连忙对鲍将军道明了突发状况，请他留在寺中主持一应事务，由金匠行首凌掌柜从旁襄助，然后又请万法曹与木匠行首文掌柜与自己同行。

狄公与洪亮同乘鲍将军的大轿，万法曹与文掌柜也坐入各自轿中，马荣乔泰跃上坐骑，众人一路赶回蒲阳城。

城内大街上人头攒动，群情鼎沸，一见狄公乘着敞轿而来，左右两旁爆发出一片欢呼，口中叫着“县令老爷万岁”或“狄老爷万寿无疆”等语。

一队人马行至县衙外，此处倒是清冷了许多，绕过院墙的东北角，眼前赫然出现一片骇人的景象。

围栏有好几处已被撞断，二十名僧人的残尸七零八落散了一地，明显可见被砖石击打和脚步踩踏过的痕迹，周遭一片死寂，遍地血污狼藉。

# 第十九回

发严令警示众乡民
生疑心潜入旧道观

THE CHINESE BELL MURDERS

狄公四下一望，只见到处散落着沾满血迹与尘土的断肢残躯，一看即知已是回天乏术，于是并未下轿，传令径去县衙正门。

守卫推开门扇，几乘轿子鱼贯进入中庭。

八名衙役吓得魂飞魄散，齐齐排在狄公的坐轿一侧，跪在地上磕头如捣蒜，其中一人刚念了几句早已预备好的告罪之辞，就被狄公断然喝止："你等无须请罪。以你们区区八人，又如何抵挡得了数百之众。本县已传令让军营兵士前来护卫，只可惜他们因故未能赶到。"

狄公等人纷纷下了轿子，相将步入二堂。书案上放着一摞公文，正是狄公外出时送来的。

狄公上前拿起一只大号信封，上面盖有江南东道节度使的大印，对万法曹说道：“这定是关于调遣军兵的官文了。还请你拆封验证！”

万法曹撕开封印，取出信纸浏览一遍，不禁连连点头，又交还给狄公。

“这信必是昨日晚间送到的，”狄公沉思道，“那时我已离开县衙，微服出行秘密查访，又在城北一家名叫‘八仙居’的小客店里歇宿了一夜。今日一早，我回到衙院时尚未天亮，立即又带人赶去普慈寺，情急之下，既顾不上更衣，也未曾踏入过二堂一步。

“若是万法曹与凌掌柜[1]愿意依例行事，亲自查问过内宅仆从、八仙居的掌柜和前来送信的官兵，本县将感激不尽，并且还会将二位的证词录入案报之中，免得日后落下把柄，被人说是由于本县一时疏忽，而致使那伙淫僧意外暴死。”

万法曹点头答道：“前日老夫也曾收到一封书信，

1　此处姓氏有误，应为文掌柜，下文同。

乃是一位家在京师的故友寄来的，信中亦曾言及佛徒们如今在官场中势焰熏天，想来其中身居高位者，定会细细琢磨推敲有关普慈寺的案报，直如研读佛经一般用心哩。若是给他们抓到一丝纰漏，定会藉此大做文章，并竭力诋毁老爷的官声。”

“老爷此番捕获淫僧，对蒲阳而言真是一大幸事，”凌掌柜也说道，“敢说百姓们无不感激涕零，只可惜为了泄愤，竟然聚众滋事、目无法纪，小民在此代为谢罪！”

狄公称谢过后，二人道是这就依照老爷之命去各处查证，于是告退离去。狄公随即提笔，迅速草成一份措辞严厉的告蒲阳百姓书，严谴聚众群殴僧人致死的行径，并申明惩处罪犯乃是官府独有的权力，若是有人胆敢再度犯下暴行，定会就地正法、严惩不贷。

由于衙内一应书办衙吏仍在普慈寺内公干，狄公便命陶干抄写五份，自己亦抄出五份来，一一盖过县衙大印后，让洪亮派人去贴在衙院门口与城内各处，再将那二十名僧人的遗骸妥善收入竹篮中，以备日后焚化。

洪亮领命去后，狄公又对马荣乔泰说道："暴易生暴，如果我们不趁早设法，只怕还会出乱子。适逢军塞中空虚乏人，胆大妄为之徒不定会乘机劫掠店铺，局面一旦失控便不堪设想。不如我这就乘了鲍将军的坐轿出去，在城内四处走动震慑一番，你二人骑马跟随左右，并佩好弓箭，见有歹人滋事，便当场放箭。"

于是狄公乘轿，马荣乔泰骑马护卫左右，另有两名衙役一前一后，直奔城隍庙而去。狄公身着全副官服坐在敞轿上，十分醒目惹眼，百姓们恭敬地让出道来，口中未再欢呼，似是为先前犯下的暴戾行径颇觉愧悔。

狄公在庙里上了一炷香，又在神像前虔心祝祷，为乡人们请罪致歉，并恳求神仙宽宥容谅。据说城隍不喜所辖之处被血污沾染，因此处决人犯的法场通常设于城外。

出了城隍庙后，狄公一路朝西再去孔庙，在孔圣人及其门徒的牌位前一一拜过，随后又朝北而行，经过衙院北墙外的园林，走入关帝庙内再次进香。

街市上百姓异常安静，看过告示后并无骚动迹象。随着一干淫僧的横死，众人的狂怒业而烟消云散。

狄公见时局平稳、无须担忧，心中大慰，于是率众返回县衙。

过不多久，鲍将军带着所有衙员从普慈寺归来，将收缴财物的清单交与狄公，道是所有钱财与贵重之物都已存入寺中的珍宝阁里，包括一应纯金法器在内，阁门也已贴上封条，并自作主张留下二十名家丁与十名衙役守卫寺院，还从自家的兵器库里取来若干长矛刀剑授与众人。老将军看去神采奕奕、兴致盎然，想来致仕还家后一向平静无事，此番打破常规之举，倒是令人十分得趣。

万法曹与凌掌柜返回衙院。二人经过一番查访，已证实调遣军队的官文先行送到，而狄公因故未曾看过。

狄公见众人齐集，便引路进入花厅。只见点心果茶等物已经摆好，衙役们又搬来几张桌椅，众人纷纷落座，在狄公的指示下，开始草拟一份有关今日发生之事的详细呈文。

由于书办必须录下特殊的证词，于是又将阿杏青玉从内宅召来，重又详述一番前后经过，并在纸上按过指印。狄公还特意加上一笔，道是殴死淫僧的乡民有数百人之多，因此无法一一捉拿归案，念及民愤极大，且又未有后续暴乱发生，恭请上宪对蒲阳百姓免予追究惩办。

夜幕降临时，呈文及所有附文终于悉数完成，狄公又邀请鲍将军万法曹诸人留下共进晚宴。

鲍将军犹自兴致不减，正要恭敬不如从命，不料万法曹与其他二人推辞曰奔忙了整整一日，此时颇觉疲累，不便继续叨扰云云，没奈何只得随众告辞而去。

狄公亲自将四人送至轿前，又再次谢过此番鼎力协助，然后才换过家常衣袍，一路走回内宅。

内宅的大厅里，大夫人正在主持家宴，二夫人三夫人从旁襄助，阿杏青玉也一同在座。众女见狄公进来，齐齐起身相迎。狄公坐了首席，一边品尝美酒佳肴，一边享受着暌违已久的家中和悦气氛。

残席撤去后，管家送上清茶。狄公对阿杏青玉说道："今日午后，我在关于普慈寺一案的上报呈文中加注一笔，提议从所缴财物中拨出四锭黄金来赏予你们姐妹，算是协助官府办案的一点小小酬劳。

"等待批复尚须时日，在此期间，我将派信差送一份公文到你二人的原籍去，请求当地县令帮忙查访你们的家人。但愿老天保佑令尊令堂都还健在，如果已经不幸故去，亦会找到其他亲属来接应照料。一旦打听到军中派人前去湖南，定会叫他们护送你二人一路同行。”

狄公略停片刻，又微微笑道：“届时我将另外修书一封给当地官府，托付他们好生看顾你们姐妹。这笔谢金可用来购置田地，或是开一爿店铺，家人无疑还会为你们选择佳偶、双双婚配。”

阿杏青玉听罢，跪地叩头拜谢。

狄公起身离去，留下女眷们仍在厅内。

狄公一路踱回衙院，走上通向内宅大门的敞廊时，忽听背后有足音轻响，转头一看，只见阿杏独自立在那边，双目低垂，躬身一拜，却不曾开口出声。

“阿杏，你可是心中有事？”狄公温颜说道，“只要是我力所能及，但说无妨！”

“回老爷，”阿杏柔声答道，“心向故土虽是人之常情，但我们姐妹有幸蒙受老爷庇护保全，如今已对这里心生眷恋，着实不忍离去，并且大夫人也说过，她很是乐意让老爷——”

狄公抬手示意一下，微微笑道：“有聚便终有一散，此乃世间常理！[1]你很快便会晓得，重回家乡故里，再嫁与诚实本分的农人为妻，远比做个县令的四房或五房小妾更为舒心快意。此案了结尚须时日，你们姐妹只管安心住在这里。”说罢拱手一揖，依稀瞧见阿杏面上似有泪光闪烁，心中自解曰大概只是月影浮动的缘故。

狄公走回衙院中庭，只见公廨内灯火通明，书办衙吏们仍在忙于誊录午后草创出的上报呈文，四名亲信正在二堂内听班头的禀报，道是已奉了洪都头之命，在林宅附近布下眼线日夜巡视，但这一阵依然毫无动静。

狄公命班头退下，在书案后落座，翻看了一回公文，将三封书信拣出来搁在一旁，对洪亮说道：“这三封信皆从运河沿岸的军营关卡中寄来，道是截住了

---

1 此句似是出自李清照《金石录后序》中的“然有有必有无，有聚必有散，乃理之常”。高罗佩先生在《中国古代房内考》一书中第八章最末关于李清照一节中曾引用过此句。

几艘林家的货船，查看过后，发现全是不折不扣的正经货物。看来我们想要拿住林帆走私的证据，如今为时已晚。”

狄公又处理过其他公文，提起朱笔在页边空白处给书办写下批语，然后饮了一杯清茶，靠坐在椅中，对马荣说道：“昨日晚间，我乔装改扮前去圣明观，会过你那好友盛八，还仔细看了一回废弃的道观，里面似乎颇有古怪，还不时发出可疑的响动。”

马荣犹犹豫豫瞥了洪亮一眼，乔泰面上紧绷，陶干缓缓捻着颊上的三根长毫，并无一人开腔答言。

虽则四人反应平平，狄公却不为所动，又道：“那圣明观着实令我生疑。既然今早我们已在佛寺内大动干戈，晚上再去道观中查个究竟如何？”

马荣嘿嘿一笑，用两只大手摩挲着膝头，开口说道：“回老爷，若论单打独斗，天下哪个我都不怕，不过要说与阴曹地府里的鬼怪打交道么——”

“我并非疑神疑鬼之人，”狄公断然说道，“也从未断言过魑魅魍魉一定不会在人间现形。不过，我亦确信清白正直之人无须惧怕鬼怪，因为无论阴间还是阳界，皆由正义统摄一切。

“各位既是我的心腹，就不当有意隐瞒。须得说圣明观一事始终令我耿耿于怀，无论今日出奇制胜之时，抑或先前焦灼等待之际，亦是挥之不去。唯愿前去查访一番，然后方可安心。”

洪亮捋着山羊胡，沉思道：“若是我等前去圣明观，合当掩人耳目秘密行事，而盛八那一伙人日夜盘踞在那里，又该如何对付？”

“这一层我已想过，”狄公答道，“陶干，你此刻便去找那城北里长，叫他去圣明观前传话，命盛八立即离开此地。那一伙无赖最怕见官府差人，想必不等听完便会立时作鸟兽散。不过还是命班头带着十名衙役同去，以备里长需要人手协助。

“等陶干一回来，你我就换上寻常百姓的衣袍，再坐一乘小轿前去，只有你们四人随行，切记备好四盏灯笼与足够的火烛！”

陶干先独去班房，命班头召集起十名衙役。

班头紧紧腰带，得意地咧嘴一笑，对众衙役说道：“县令老爷近来忽然变得如此识窍，倒也不足为怪，皆因手下有如我这般精明老到的班头哩！诸位且看，狄老爷刚一驾临，三拳两脚便办完了半月街一案，却是一个铜板也未捞到，转头便打起了普慈寺的主意，谁不知道那正是本地的财神爷！等到上头发文批示后，我倒是很乐意去普慈寺内公干几回。”

“依小的看来，”一名衙役不怀好意地说道，“长官午后巡查林宅时，也没有空手而归吧！”

“那不过是正人君子之间彼此行个方便罢了！”班头厉声斥道，“只因我一向以礼相待，故此林宅管家略表谢意。”

“那管家话里话外的，可没少听见银钱叮当响哩。”另一名衙役附和道。

班头叹了口气，从腰间摸出一枚银锭来，随手一抛，被那衙役接个正着。

“我从不是那小肚鸡肠之人，这锭银子你们几个拿去分了便是。”班头说道，“你这厮既能眼观六路，想必也能耳听八方。那管家塞给我几锭银子，求我明日可否帮他带封书信给一个朋友，我答应若是明日去的话一定效劳，不过话说回来，我要是没去呢，自然也就无能为力。如此一来，我既不曾违抗狄老爷的命令，也没有回绝那人一番好意而使得他颜面有伤，且我向来以诚待人、操守严谨，这次亦未破例。”

众衙役纷纷赞曰如此行事真是合情合理、无懈可击，然后出了班房去与陶干会合。

# 第二十回

观内空寂屡现怪象
庭中清冷暗藏尸骸

THE
CHINESE
BELL
MURDERS

二更鼓响时，陶干方才回来。狄公饮过清茶，换上一身平常的蓝布衣袍，头戴一顶黑方帽，带着四名亲信从衙院角门出去。

众人走到街中，雇了几乘肩舆，命脚夫抬到离圣明观不远的路口处，付过轿金后徒步前去。

圣明观前的空地上，一片漆黑寂静，盛八一伙人早已不见踪影，自是里长与众衙役依令行事的结果。

狄公对陶干低声命道："正门左边有一扇角门，你去把那门锁撬开，动静愈小愈好！"

陶干蹲身下去，摘下项巾裹住灯笼，然后打火点亮，虽只透出一点微光，却也足够照亮引路。

陶干寻到上了锁的角门，举起灯笼细细查看。当日在普慈寺内未能找出暗门机关，这一疏漏始终令他耿耿于怀，此时决意非得三下两下打开此锁挽回些颜面不可。只见他从袖中取出细细几枚铁钩来，撬了几下便大功告成，放下门闩轻轻一推，门扇立时开启，可见里面并未另设一道门闩，于是急忙奔去报信。

众人迈步登上石阶。狄公立在门首，驻足谛听里面的动静，却是一片死寂，随即率先入内，其他四人蹑手蹑脚跟在后面。

狄公低声命洪亮点灯，待他高高举起四下一照，这才看清原来身处三清殿中，右手边是殿门背面，上有粗大的门闩。看来欲入此殿的话，除了破正门而入，唯有走角门这一条途径了。

左手边立有神坛香案，大约十尺来高，上面供奉着镀金的三清圣像，光照所及之处只能瞧见举起的两手，肩部以上仍是没于黑暗之中。

狄公弯腰细看，只见镶木地板上积了厚厚一层尘土，上面唯有野鼠踩过的细小爪印。

狄公示意几名亲信绕过神坛，背后却是一条漆黑的长廊。洪亮举起灯笼一照，马荣立时叫骂出声。只见光晕中赫然现出一颗女人头颅，面目扭曲，鲜血淋漓，被一只利爪样的手揪住头发提在半空中。

陶干乔泰一见之下，亦是骇立当地、动弹不得。狄公沉着说道："无须这般惊惶！此乃阎罗十殿，道观里通常都有，两边皆是泥塑木胎，专为唬人用的，你我理应畏惧防范的该是活人才对！"

惜哉这一番劝解未能十分奏效，几名亲信犹自吓得心胆欲裂。原来长廊两侧皆是真人大小的彩绘木雕，描摹恶徒堕入阴曹地府后所受的种种酷刑折磨，青面獠牙的鬼怪将人或是锯为几段，或是用刀剑刺穿，或是拿钉耙掏出五脏，或是扔进油锅烹炸，或是放出鹰隼等猛禽将双目啄出，端的是阴森可怖。

好不容易步步挨过，狄公轻推长廊尽头的门扇，外面便是前院，此时云破月出，清辉遍洒，庭内花园早已荒芜，一座钟楼立于园子中央，旁边还有一片莲池。钟楼大约两丈见方，筑在离地五六尺高的石头平台上，四根朱漆大柱撑起碧瓦铺就的攒尖楼顶，本应悬于梁下的一口大铜钟如今却搁在平台上。据说庙宇道观中人去楼空之前，常会如此处置，免得大钟日后受损。此钟约有十尺高，外面刻有精美繁复的纹样。

狄公默然顾视这宁静的景象，与四名亲信沿着环绕庭院的敞廊一路走入。

敞廊旁边筑有一排小室，俱是空空荡荡，地面上亦是蒙尘已久。昔日圣明观内香火鼎盛时，此处当是作为客房和诵经室之用。

敞廊尽头的门扇通向后院，众人推门走入，只见院内除了道士们居住的群房，最深处还有一间很大的膳堂，走到此处，圣明观各处俱已查遍。

狄公留意到膳堂旁边还有一扇小门："想来这应是观内的后角门了，且设法打开来，看看观外究竟是何处。"说罢回头示意，陶干疾步上前，迅速打开系在门闩上的挂锁，已是锈迹斑斑。

众人惊异地发现门后居然又是一进院落，比前院大了一倍左右，一色青砖铺地，四围皆是高大的二层房舍，空旷幽静，阒无人迹，然而石板缝中不见一叶杂草，房舍亦是修葺完好、未见损毁，当是不久前还有人在此间居住盘桓。

“此处古怪得紧！”洪亮叫道，“这庭院大而无当，委实不必，不知道士们究竟用来做甚？”

众人正在议论时，忽又行云遮月，周遭堕入黑暗之中。

洪亮陶干连忙点亮灯笼，万籁俱寂之中，突然听得一声响动，庭院尽头似有门扇关闭。

狄公一把抓过洪亮手中的灯笼疾步跑去，果然见有一扇沉重的木门，铰链处油迹润泽，因此推开时略无声息。狄公举起灯笼，只见门后是一条狭窄的走廊，还隐隐听见远去的脚步声，然后又是关门声。

狄公循声追去，却被一扇铁门挡住去路，正在上下查看时，陶干也赶过来，立在后面观望。狄公站直说道：“这扇门倒是簇新，不但未见装锁，且没有门环把手可以开启。陶干，还是你来仔细看看！”

陶干上下摩挲查看着光滑的铁门，连门柱也未放过，却没能找到任何开启的机关。

“老爷，我们要是不撞开此门的话，”马荣叫道，“就没法知道到底是谁在暗处窥探！此时不捉，那歹人定得脚底抹油溜走了不可！”

狄公抬手轻叩铁门，缓缓摇头说道：“门后要是上了重木闩的话，我们几人决然无法撞开，且去查看一下那边的房舍再说！”

众人走过长廊，返回环绕庭院的屋舍前。狄公随手轻推一扇房门，发现并未上锁，里面却是一间空空荡荡的大屋，只铺了一地的草席。狄公环顾四周，见靠墙处立着一架高梯，便趋至近前，登梯而上，推开镶在天花板上的暗门，又登高几步，走入宽敞的阁楼之中。

四名亲信跟着上来。众人好奇地四下打量，这阁楼实为一间长方大厅，粗大的木柱支撑起高耸的屋顶。

狄公讶然叫道："你们以前可曾见过寺庙道观里竟有如此格局？"

洪亮慢慢捋着灰白的山羊胡，沉吟道："这里以前许是观内的藏经阁，专门存放经籍图书等物。"

"若是那样，总该留下书架之类的东西。"陶干插言道，"依我看来，这阁楼更像是储藏食物的仓房。"

马荣摇头说道："道观里要仓房何用？瞧这些铺在地上的草席，依我看是个兵械库，这些草席则是用来演练刀剑长矛时用的，乔泰定会赞同我的说法。"

乔泰盯着墙面出神良久，此时点头应道："瞧这些钉在墙上的铁钩，定是拿来搁放长矛用的！老爷，据我看来，这里曾是个秘密帮会的总堂，帮中成员可在此处悄悄操练武艺而不会引起外人注意，那些牛鼻子想必也脱不了干系，不过披上道袍装个幌子罢了！"

"你这一席话大有道理，"狄公沉思道，"显见得观内道士散去后，确实有人在此间秘密行事，仅在数日前方才离去。这阁楼刚刚彻底清扫过，连草席上也不见一丝灰尘。”又揪揪颊须，懊恼说道，“他们定是留下少数几人断后，其中就有那一直在暗中窥伺我们的歹人！可惜出行之前，我未曾看过蒲阳全图，全然不知那铁门背后究竟通往何处！”

“我们可以设法爬上屋顶，”马荣说道，“看看道观背后是何情形。”

马荣乔泰打开窗上的遮板，一齐朝外张望，可惜高大院墙将后面的房舍挡得严严实实，墙头上还竖着一排长钉，纵使伸长脖颈，也只能看见一溜房檐而已。

乔泰抽身回来，悻悻说道：“不中用！至少得有几架云梯才能爬得上去！”

狄公耸耸肩头，恼怒说道：“既然如此，我们在此处一时再无可为，如今只知圣明观的后院曾用来做过某种秘密勾当。若是白莲教再次兴风作浪，我们岂不又得经历一番初到汉源时的遭遇[1]，但愿不至于此！且罢，待明日天光大亮时，你我带上些家伙再来，非得里里外外彻查一遍不可！”说罢顺梯而下，四名亲随跟在后面。

离开庭院前，狄公对陶干低声命道：“你去那铁门上贴一纸条，明日再来时，至少可知我等离去后，是否有人曾经开启过！”

陶干点头领命，从袖中取出窄窄两条薄纸，用舌尖濡湿后，一高一低贴在门缝处。

众人沿原路返回前院。狄公行至阎罗殿门前时，驻足朝废园中凝望，只见月光正照在青铜大钟上，钟面刻镂的奇异纹饰在银辉中熠熠闪光，忽然心里一动，莫名觉得似有危险正在迫近，宁静安详的夜色中，分明隐藏着某种邪恶之物，不禁缓捋长髯，凝神思量这古怪的不祥之感究竟从何而来。

---

1 见《湖滨案》——原注。

狄公见洪亮面有疑色，沉思说道：“以前有些耸人听闻的故事，道是寺庙内的大钟常用来藏匿罪证。既然我们身在此处，何不查看一下这口铜钟下面到底有无可疑之物。”

众人正待走向钟楼，马荣说道：“这些大钟常常铸得有好几寸厚，要想抬起，非用撬杠不可。”

“前面大殿内有几杆铁枪和铁叉，原是道士们伏妖降魔用的，”狄公说道，“你二人前去拿来，或可一用。”

马荣乔泰领命而去，狄公与洪亮陶干在灌木丛生的园中努力开出一条路来，终于行至平台前的石阶处。原来铜钟几乎已将整个平台占满，三人只得在狭小的四边勉强立足。陶干指着楼顶说道：“那些牛鼻子老道离开观内时，将升降大钟的滑车也带走了。老爷适才说过借用长枪一试，没准可以撬起。”

狄公若有所思地点点头，心中却愈发不安起来。

此时马荣乔泰各持一柄铁枪攀上平台，先脱去外

铜钟内惊现陈尸骨

袍，再使力将枪尖插入铜钟下沿，将枪柄担在肩上，发力一扛，大钟居然真被抬起了寸把高。

“你去找些石块来垫上！”马荣喘着粗气对陶干说道。

待陶干塞了两块石头在下面，马荣乔泰又将枪柄插入钟下更深，这次连狄公陶干也一齐上来相助，眼看已撬起了二三尺高。狄公对洪亮说道：“将那石头鼓凳挪过来！”

洪亮忙将立在平台一角的石鼓凳扳倒在地，一路推着骨碌碌滚来，可惜差了几寸放不进去。狄公撂下长枪，脱去外袍，复又上去出力肩扛。

四人齐齐发一声狠，马荣乔泰壮硕的脖颈上青筋暴起，这次洪亮终于将鼓凳推到了铜钟下面。

狄公等人将长枪撂下，揩揩面上的湿汗。此时明月又被乌云遮蔽，洪亮忙从袖中摸出蜡烛点亮，举到铜钟下一瞧，不禁倒吸一口凉气。

狄公疾步上前，只见铜钟下的地面上蒙着厚厚一层尘土，一具人骨直挺挺躺在中央。

狄公从乔泰手里抓过灯笼，小腹贴地爬入钟内，马荣乔泰洪亮纷纷依样而行。陶干也想进去，狄公喝道："里面人已站满，你且留在外头观望！"

钟内四人团团围坐在尸骨旁。只见虫蚁早将筋肉啮食殆尽，只剩下一副森森白骨，手腕与脚腕处曾经系有粗重的铁链，如今已然锈蚀。

狄公上下查验一番，着意细看头骨，却是未有伤痕，唯见左肱骨有曾经断裂过的痕迹，并且接合得殊为草草。

狄公看着几名亲信，惨然说道："这人好生可怜，居然被关在此处活活饿死了！"

洪亮伸手在厚厚的积尘中摩挲，忽然指着一件亮闪闪的圆形物事叫道："快看！似是一片金锁！"

狄公小心拣起，果然是一枚圆形锁片，用衣袖揩擦干净后举到灯笼前，样式颇为简朴，正中只刻有一个"林"字。

“看来杀人凶手必是林帆那厮无疑！”马荣叫道，“这金锁一定是他将死者推到钟下时不慎掉落的！”

“如此说来，这死者便是梁科发了！”洪亮一字一顿地说道。

陶干听到这石破天惊的消息，也俯身爬入钟内。五人团团立在倾斜的钟身下，低头望着地上的尸骨。

“不错，正是林帆犯下这杀人害命之罪。”狄公肃然说道，“圣明观与林宅相去不远，若是仅有一墙之隔，通过那扇铁门便可往来出入。”

“林帆定是将那后面的宅院用来存储私盐，”陶干接着说道，“此举应是在秘密帮会与道士们离去之后！”

狄公闻言点头，“我们已找到了极重要的证据，明日开堂，便可立案提审林帆。”

就在这时，垫在钟下的石头鼓凳突然滑脱出去。随着一声闷响，五人被齐齐罩在铜钟下面。

# 第二十一回

困钟下合力终脱险
闯宅中联手捉疑凶

众人惊呼一声。马荣乔泰恨骂连连，伸手在铜钟内壁四处摸索，却是滑不留手。陶干后悔不迭，不禁失声自责。

“住嘴！”狄公喝道，“时间紧迫，你们都听仔细了！我等从里面万难将此钟抬起，想要逃出去，唯一可行的法子就是合力将它推动，一旦推出平台边沿，自有缺口可以爬出去。”

“要是被四角的柱子挡住，却又如何是好？”马荣哑声问道。

“我也不知该如何是好。”狄公断然说道，“不过一旦有了缺口，起码可以透一口气而不致闷死。先将灯笼吹灭，这里空气本就稀少，闲话休说，脱了衣服快快动手！”

狄公摘了帽子抛在地上，又三下两下除去身上衣物，右足在地上触到石板接缝处，站稳脚步，弯腰猛推铜钟，其他四人连忙依样而行。

钟内很快变得十分闷塞，人人只觉呼吸艰难。铜钟缓缓挪动了一寸左右，众人见行之有效，自是更加卖力。

谁也不知在这铜墙铁壁的死牢中苦撑多久方能逃脱，众人个个赤身裸体、汗流浃背，大声喘着粗气，胸中似有火烧。

铜钟向着平台边缘被推出几寸后，洪亮头一个用尽了气力，昏倒在地。

此时脚下终于露出一线新月状的罅隙，一股清气飘入闷罐似的铁牢中。

狄公将洪亮移至缺口处，好让他吸几口新鲜空气，然后四人倾力再推。

眼看钟沿下的空隙愈来愈大，但仍不足以让一个幼童出入。众人使尽余力再四推去，却是纹丝不动，显见得铜钟果然被一根柱子挡住。

陶干忽然蹲身下去，将两腿从缺口处伸出，奋力一挣想要脱出，虽则后背被平台边缘的粗粝石棱划出长长一道口子，却兀自不肯罢休，到底将双肩挤了出去，整个人“扑通”一声跌落在灌木丛中。[1]

片刻过后，一柄[2]长枪从空隙处递入，马荣乔泰藉此将大钟撬得稍稍偏向一侧，从此缺口迅速显豁起来，先是送洪亮出去，接着其余三人依次跳下，悉数落在灌木丛中，个个筋疲力竭。

狄公稍歇片刻，头一个翻身立起，先去看视仍旧躺在地上的洪亮，上前摸摸心口，对马荣乔泰命道：“你二人将洪都头扶去莲池边，拿些水将他面上和胸前濡湿，除非体力完全恢复，否则千万不可让他起身！”

狄公转过身来，却见陶干长跪在地，连连磕头。

---

1 在荷文本中，本段开头还有一句“陶干喘息说道：‘我最瘦。’”

2 在荷文本中，此处为两柄。

"你且起来！"狄公命道，"不吃一堑，不长一智，但愿你能以此为戒，切记不依我的命令行事会有何等结果！如今且随我一起回钟楼去，查看那藏在暗处的凶手到底是如何将鼓凳撬脱的。"说罢只系着缠腰布攀上平台，陶干依头顺脑跟在后面。

二人一看情形，便知那歹人是取了一柄扔在地上的长枪插入鼓凳后方，又将枪杆推至最近的立柱边架稳，用力将鼓凳撬得滑脱出去。

狄公与陶干看过后，又提起灯笼走到后院，行至铁门前，见陶干适才贴在门边的纸条果然已断作两截。

"以此足证林帆必是凶手无疑。"狄公说道，"他从里面打开这扇铁门，一路悄悄尾随至前院，暗中窥伺我们几个如何将大钟撬起，又如何悉数钻入钟下，于是心中陡生毒计，意欲趁此良机将我等一并除去。"瞥了陶干一眼，又道[1]，"且罢，你我回去看看洪都头

1 "瞥了陶干一眼，又道"不见于荷文本。

如今怎样了。”

此时洪亮已然清醒过来，看见狄公正欲起身，狄公连忙命他好生躺着不要动弹，又上前切腕把脉，温颜说道：“洪都头只管放心歇息，眼下并无要紧事非得劳动你不可，等衙役们赶来再说！”又转头对陶干命道：“你快去找城北里长，叫他带几名手下前来，并派人骑马去县衙传我的命令，召二十名衙役，再带上两乘肩舆，火速前来圣明观。传过话后，你便就近找个药店医馆速去疗伤，不意竟弄得浑身是血。”

陶干快步离去。[1]这时马荣从铜钟底下拣了狄公的衣帽出来，抖落尘土后请老爷穿上。

狄公摇一摇头，只套上贴身衣袍，卷起袖口，露出筋肉结实的前臂[2]，马荣不禁有些惊诧。只见狄公撩起衣服下摆掖入腰间，又将一把美髯分作两绺，绕

---

1 在荷文本中，此句为：“陶干匆匆套上长袍，快步离去。”

2 在荷文本中，此处为“狄公只套上贴身衣袍，摇头说道：‘别的先放下！’”

到颈后打成一个结。

马荣从旁审视半晌，心中暗想老爷虽说身上有些许赘肉，但若是单打独斗起来，怕也轻易对付不了。

狄公拿出手巾将头发系住，算是收拾停当，方才对马荣说道：“我并非睚眦必报之人，但是不想林帆竟使出这等卑鄙的手段，企图一举害了我们五人性命。若不是侥幸将大钟推出平台一侧，蒲阳城内又会传出一桩离奇的失踪案了。我定要亲手捉住林帆这厮，以解心头之恨，最好他不肯乖乖束手就擒，动一场拳脚方才痛快！”

狄公又转头对乔泰说道：“你留在此地照顾洪都头。等衙役一来，就叫他们将大钟吊起挂回原位，并将下面的尸骨小心收在一只木匣中。你再用筛子将周围的尘土细细筛过，看看还有什么线索不曾。”说罢与马荣一道出了角门，离开圣明观。

二人穿过几条窄巷，马荣寻到林宅正门，只见四名睡眼惺忪的衙役正守在那里。

狄公停在距离大门数步开外[1]，马荣独自上前，与那最年长的衙役伏耳低语一阵。

衙役听罢连连点头，接着抬手叩门，待窥孔打开后，对看门人高声叫道："你这懒鬼，还不快快开门！适才有个夜贼钻入你家院内，要不是我等小心戒备的话，你们丢了金银还在做梦哩！趁着那贼人尚未得手，赶紧把门打开！"

看门人刚刚打开门扇，马荣跳上前去，一手扼住那人的喉咙，另一手捂住嘴巴，让衙役们将他捆得结结实实，又用油膏布封住口。

狄公与马荣疾步冲入院内。庭院中一片死寂，并无一人出来拦阻。

到了三进庭院，林宅管家忽地从暗地里冒出。狄公喝道："本县命你立时就擒，不得顽抗！"

只见寒光一闪，那管家伸手从腰间抽出一把长

---

1　此句不见于荷文本。

刀来。

马荣正要跳上前去，不料狄公出手更快，挥拳猛击在那人胸口处，待对方朝后倒去时，又飞起一脚，不偏不倚正中其下颌，于是林宅管家仰面摔倒在地，一动也不动了。

“好个手法！”马荣暗赞一声，俯身去拣掉在地上的长刀时，狄公却已率先奔入内宅。一片漆黑之中，唯见一扇窗内闪着微黄的光亮。狄公抬脚踹开门扇，马荣也疾步赶了上来。

二人四下一望，却是一间小巧精致的卧房，乌木雕花几案上放着一盏点亮的纱灯，右边摆着一副乌木床架，左边则是一张精美的梳妆台，上面还燃着两支蜡烛。

林帆身着薄薄的白绸睡袍，背朝门口，正坐在梳妆台前。

狄公上前一把揪住林帆，拽得他猛一转身。

林帆望着狄公惊骇无语，并无一点反抗的举动，面色苍白憔悴，前额有一道深深的创痕，刚刚涂抹过药膏，裸露的左肩处亦有几片青紫瘀伤。

狄公见林帆竟然全不动手，不禁大失所望，便厉声喝道："林帆，你已被我拿住，还不快快起来，本县这就命人将你带去县衙！"

林帆一言不发，从座椅中缓缓站起，立于卧房中央的马荣从腰间解下一条细铁链来，预备上前捆缚。

不料林帆忽然伸出右手，猛拽梳妆台左侧的一根线绳。狄公迅疾出拳，猛击在林帆下颌处。林帆全身朝后撞在墙上，右手却未曾松开，因此人虽倒在地上昏死过去，却也顺势将线绳拽出老长一段。

狄公忽听背后一声大叫，转头看去，只见马荣踉跄倒地，一扇暗门机关已在他脚下打开，赶紧上前一把揪住马荣的衣领，将他拖拽上来，差一步便会坠入黑漆漆的洞口内。

暗门大约四尺见方，开口处可见一道陡峭的石阶，直通向黑暗深处。

“总算你运气不坏，”狄公说道，“要是碰巧站在这暗门正中，管保已在那石阶上摔折了两腿！”

狄公查看过梳妆台，见右边还有一根线绳，便伸手一拽，只见暗门缓缓合上，随着“啪嗒”一声轻响，地面平整如常，看不出一丝异样。[1]

“我本不想对一个受伤之人出此重手，”狄公指着不省人事的林帆说道，“但若是不将他打倒的话，谁知他还会使出什么花招来！”

“老爷那一拳真是干净利落。”马荣由衷赞道，“我正纳闷他头上肩上如何弄下了那些伤口，分明今日曾与人动过拳脚。”

“我们很快便会查个水落石出。”狄公说道，“如今你且将林帆连同管家仔细捆好，然后从前门召那几名衙役进来，彻查整个宅院，如果发现其他家人仆从，也一并捉拿并解去衙院。我再去探探那条暗道。”

---

1　在荷文本中，本段开头还有“马荣口中咕哝几句，整整扯破的衣领”。

马荣俯身给林帆上绑，狄公再次牵绳打开机关，从梳妆台上取了一支蜡烛，顺阶而下。

狄公朝下走了十来步，进入一条狭窄的地道中，举起蜡烛一照，只见左边是一座石头平台，低矮的拱壁下，暗黑的水流正汩汩漫过最低处的两级石阶，右边的地道尽头是一扇大铁门，门上挂着一把大锁，样式看去颇不寻常。

狄公重又顺着石阶返回，直走到头肩伸出暗门，对马荣叫道："底下有扇上了锁的门，定是我们原先试图打开的那一扇！这伙歹人将成包的私盐从圣明观后院仓房中一路搬来，再通过地下水道送出去，那水道必与城里的河流相连，并且通往水门附近。[1]你去林帆的外袍内搜一搜钥匙，我好将门打开！"

马荣见床边搭着一件绣花长袍，抓起来里外一摸，果然摸出两把形制奇特的钥匙来，上前递与

---

1 "这伙歹人……水门附近"不见于荷文本，而是"似是还有一条地下水道"。

狄公。

狄公再次顺阶而下，直走到铁门前，将钥匙插入锁中一转，铁门应声开启，外面分明便是沐浴在银光下的圣明观后院了。

狄公朝马荣招呼一声，然后穿门而出，夜凉如水，清爽宜人，只听得前面隐隐传来众衙役的喧哗声。

# 第二十二回

老管事细述道观史
狄县令详析三罪行

THE CHINESE BELL MURDERS

狄公缓步走向前院。

只见十来盏上书“蒲阳县衙”的硕大灯笼，将庭院内照得一片通明。在洪亮乔泰的督管下，众衙役正在钟楼的横梁上安装滑车。

洪亮一见狄公回来，连忙上前询问林宅那边情形如何。

狄公见洪亮历险后看去安然无恙，心中大慰，于是讲述一番如何捉住林帆，又如何发现了贯通林宅与圣明观之间的密道。[1]

洪亮助狄公穿上衣袍，狄公又对乔泰命道：“你即刻带上五名衙役去林家田庄，那边另有四人亦可供你差遣，将庄内所有人统统捉住，若有货船泊在码头边，连船上的水手也一并拿下。你已是辛苦了整整一夜，务必再跑一趟，将林帆所有的爪牙悉数捉拿归案！”

乔泰兴冲冲答曰自己专爱办这涉险刺激的差使，然后便去挑选精壮衙役。

狄公行至钟楼前，见滑车已经装好，铜钟被粗绳缓缓吊起，复归原位，升至离地三尺来高。

狄公低头注视着钟下狼藉的地面。在那性命攸关的一二刻里，五人被困在铜墙铁壁的死牢中，拼命挣扎着想要逃脱出去，尸骨早已被踩踏得凌乱不堪。

“想必乔泰已跟你传过本县的命令，”狄公对班头说道，“如今再重述一遍，将骸骨收起后，务必再将地上的尘土仔细筛过，看看可有什么重要的线索不曾，料理完之后，你转去林家四处搜查一番，最后再派四名衙役在宅院内看守，明日一早便来回话！”说

---

1 在荷文本中，此处还有“最后说道：‘那条水道想是通向河中某处，林帆定是通过此路将成包的私盐偷运出城去。’”

罢与洪亮一道离开圣明观，两乘肩舆已经备好，二人坐上回衙不提。

次日一早，天朗气清，微风拂面，好一个凉爽宜人的秋日。

狄公先命档房管事去寻那圣明观与林宅一带的详图，随后在二堂后面的花园中用了早膳，洪亮从旁侍奉，饭毕后返回室内重又落座，衙吏刚送上热茶，只见马荣乔泰走入。

狄公命衙吏给他二人也各沏一杯茶，对马荣问道：“捉拿林家走卒时，你可遇到什么麻烦不曾？”

“回老爷的话，事事都很顺利。”马荣笑道，“我去料理那林宅管家时，见他吃过老爷拳脚后，仍是一动不动躺在原地，于是将主仆二人都交与衙役看管，然后又搜遍了整个宅院，只寻出一个大汉来。那厮身强力壮，居然拉开架势上来动手，不过很快便吃了些教训，到底结结实实被捆成粽子一般。说起来一共捉到四个，即林帆、林宅管家、打手还有看门人。”

“启禀老爷，我也带回一名人犯。”乔泰接着说道，“田庄里只有三人，全是无知无识的广东乡民。在驳船上另有五人，即一名船主与四名船工。船工们十分粗笨，但那船主一看便是个心狠手辣的歹人。这几名农夫与船工现已羁押在班房内，船主则被我送进了大牢。”

狄公点头称许，对衙吏命道：“你叫那衙役班头进来！再去梁老夫人宅中传话，就说本县请她立即来县衙一趟。”

班头进来向狄公请安施礼，恭敬地立在地上，面上虽有几分疲惫，却掩不住喜孜孜的得意之色，故作郑重地禀道：“我等依照老爷吩咐，已将梁科发的尸骨妥善收在一只竹篮里并带回县衙，又将钟下的尘土细细筛过，未曾发现任何东西。然后我又带人彻查了整个林宅，所有房屋皆已上了封条，末了还亲自去查看过暗门下的水道。

“我见有一只平底小船泊在拱门下，便举着一支火把驾船顺流行去。原来那水道一直延伸至河岸边，正好在水门外面，出口也是一道拱门，被灌木丛挡住，十分隐蔽，而且拱顶十分低矮，连船也撑不过去，不过船上的人要是跳入河中，轻易便可涉水而过。”

狄公捻着颊须，嘲讽地瞥了班头一眼，“没承想你深更半夜做起公事来，倒是起劲得很哩！你在水道内辛苦跑了一趟却空手而归，实在可惜煞人，不过想必在林宅里总会搜到些许细软之物，并顺手塞入了自家腰包。奉劝你好自为之，免得有朝一日惹祸上身，下去吧！”

班头唯唯领命，仓皇而去。

“这厮虽则贪得无厌，倒也算查明了一桩事由，”狄公对几名亲信说道，“即林宅管家前些天到底是如何瞒过水门守卫溜出城去的，显见得他正是通过那条水道涉过拱门，然后潜入运河之中。”

这时档房管事走入，恭敬一揖，将一卷文书呈给狄公，开口禀道："小人遵照老爷今早的吩咐，在鱼鳞图册[1]中找到了这些与林家宅院有关的记录。

"这头一份录于五年前，载明林帆购置宅院、道观与田庄，这三处地产原属本地一家姓马的富户所有，此人现居于蒲阳城东门外。

"圣明观原是一个道教秘密支派的祖庭，后来被官府下了禁令。马先生的母亲笃信道教法术，供养了六名道士在观内，专为其先夫打醮作法以超度亡灵，或在深夜里扶乩请仙，召唤逝者亡魂，并通过乩板与之天人互通，为了方便往来行走，还特意在宅院与道观之间修了一条过道。

"六年前，马老夫人过世后，马先生锁了宅院，不过准许那些道士仍住在原地，从此可替人作法事或是售卖符箓以维持生计，但须得保证殿堂房舍完好

1 即中国古代的一种土地登记簿册，将房屋、山林、池塘、田地等依照次序绘出，并标明相应的名称。由于田图状似鱼鳞，故此得名，亦称"鱼鳞册""鱼鳞簿"或"丈量册"。

无损。”

档房管事略停片刻，清清喉咙，接着叙道：“五年前，林帆在蒲阳城西北角一带四处打探，不久便出高价买下了整座宅院以及道观田庄。这张便是地契，并附有详图，请老爷过目。”

狄公浏览过契纸后，又打开地图，并召几名亲信过来同看，说道：“对于林帆的走私生意来说，这片房产真是再合适不过，难怪他肯花费大笔银子统统买下！”又伸手在图上一指，“当初交易时，宅院与道观之间的通道只是一段露天敞廊，至于大铁门与暗门机关，皆是林帆后来补加的。不过这里并未标出地下水道，还得再找更古旧的地图来看。”

“这第二份，则是两年前林帆亲自署名后送交县衙的愿书，”档房管事又道，“报曰业已察觉圣明观内的道士不但不守戒律、行事荒唐，还一味饮酒赌博，因此将他们从观内悉数赶出，并请求官府将道观查封。”

“此事定是出在林帆发觉梁老夫人盯上他之后。”狄公沉思道，“我猜想为了让一众道士离去，林帆定是给了他们不少好处。可惜那些道士如今星散四方、无迹可寻，故此无法知晓他们在林帆的走私生意中究竟扮演何种角色，以及对钟下藏尸之事是否知情。”又转头对档房管事说道，“这些文书我先留下，你再去找找大约一百年前的蒲阳旧图来。”

档房管事领命而去，这时衙吏进来，将一封书信恭敬呈上，道是军塞统领派人送来的。

狄公撕开封印，匆匆浏览一遍，转手递给洪亮，说道：“此乃官府通告，军营将士今早便会班师回城，并执役如故。”说罢朝椅背上一靠，命人另沏一壶热茶，又道，“去唤陶干前来，此刻正想与你们几个共议林帆一案。”

陶干进门后，众人各自捧茶啜饮。狄公刚将茶杯置于案上，班头进来报曰梁老夫人已到。

狄公扫了几名亲信一眼，低语道：“此次会面殊非易事！”

比起上次见面时，梁老夫人似乎气色大好，发髻梳得十分平整，眼中却颇有几分戒备之意。

洪亮请梁老夫人在书案前的一把圈椅上坐下，狄公庄容说道：“老夫人，本县终于找到了林帆的罪证，并且查出他在蒲阳还犯下另一桩杀人案。”

“老爷可是找到了梁科发的尸身？”梁老夫人惊叫道。

“尚且无法断定到底是不是令孙，”狄公说道，“只找到一具骸骨，因此无从验证。”

“一定就是他了！”梁老夫人叫道，“林帆刚一得知我祖孙二人一路追踪到蒲阳，便设下毒计要害他性命！当日土匪洗劫田庄时，堡垒起火，屋上的一根横梁落下，砸中了梁科发的左臂。我二人逃脱出来后，立即找人接骨，可惜断裂之处再也没能恢复原状。”

狄公注视着梁老夫人，缓捋长髯沉思半晌，方才开口说道：“老夫人，本县不得不说，那具尸骨的左臂肱骨上确有错位的痕迹。”

“我就知道必是林帆害死了我的孙儿！”梁老夫人痛哭失声，浑身不住颤抖，泪水从凹陷的面颊上滚滚落下。洪亮连忙递上一杯热茶。

狄公待她稍稍恢复自持，又开口说道：“老夫人只管放心，这桩命案必会昭雪。本县虽不愿勾起你的痛楚，但有几件事却不得不问。你送来的诉状里道是与梁科发从田庄逃脱后，曾在一个远亲家里落脚暂避，不知可否详述一下当日是如何从刀光火影中逃脱出来，又是如何设法寻到你那远亲的？”

梁老夫人两眼空洞地望向狄公，忽然浑身颤栗，泣不成声地说道：“那……那真是太可怕了！我不……不愿再想起那些事来……我——”语声渐低下去。

狄公递个眼色，洪亮上前扶着梁老夫人的肩头送她出去。

“到底无济于事！”狄公无奈叹道。

陶干捻着颊上的三根长毫，开口问道："老爷为何非要追问梁老夫人如何从田庄脱险的细枝末节？"

"有几处细节令我始终不解，不过日后再论不迟。"狄公答道，"如今先商议如何对付林帆，这厮极其奸诈卑劣，给他定罪时，我们必须十分小心谨慎才是。"

"依我看来，不如就告他谋害梁科发。"洪亮说道，"杀人害命可是头等重罪，若能以此定案，便无须再追究暗害我们几人或是贩运私盐了！"

马荣乔泰陶干纷纷点头称是，狄公却未置一词，沉思半晌后说道："林帆有的是时间将贩运私盐的罪证统统销去，因此我们很难搜集到足够的证据来以此定罪，并且即使能取得口供，他也仍可设法逃脱，因为身为县令，我并无权裁判走私罪，唯有移交州府方可定谳。如此一来，林帆便有了可乘之机，必会令其亲友上下奔走并四处行贿。

"至于他撬脱鼓凳将我等罩在大钟底下，如此行径显然有害人性命的企图，况且还有朝廷命官在内！我得去仔细查阅一下刑典条文，如果没有记错的话，这理应被视为谋反罪之一款，或许比较合用。”

狄公说罢，捋着长髯沉吟不语。

“以谋杀梁科发之罪控告林帆，岂不是更好些？”陶干发问道。

狄公缓缓摇头说道：“然而我们找到的证据仍是不足。关于他到底在何时杀人，又是如何杀人，都无法探出究竟。官录里既说林帆由于道士们行止不端而关了圣明观，因此他大可编出一套说辞来为自己开脱，诸如梁科发在跟踪他时偶然结识了观中道士，不定是一起赌钱时发生争执，因而被害身亡，过后道士们又将尸身藏匿于钟下。”

马荣面露不悦之色，不耐烦地说道：“既然明知林帆这厮数罪在身，还纠缠这些刑名细事作甚！索性来个大刑伺候，看他招是不招！”

“你别忘了林帆已是上了年纪之人，”狄公说道，

“如果动刑拷问，只怕会命丧当堂，后果便不堪设想。如今唯一的指望是获取更多铁证。午衙开堂时，我会先提审林帆的管家与那船主，他二人倒是身强力壮，或可用刑一二。

“马荣，你此刻便与洪亮陶干一道再去林宅，细细搜查一番，看看可有与罪案相关的文书或其他物事，并且——”

这时大门突然开启，只见狱吏直奔进来，面色惊惶，跪倒在书案前，对着狄公连连磕头。

“到底出了何事？快快讲来！”狄公怒道。

“都是小的该死！”狱吏带着哭腔说道，“今日一早，林家管事与小人的手下套话，不料那蠢货竟信口道出林帆不但被擒，还打算告他犯下杀人罪。小的刚刚去查狱时，却见那管家已经没命了。”

狄公拍案怒喝道：“你这狗头！难道你收监之前，没有搜过人犯身上是否藏有毒药，或是没有将其腰带抽走？”

“回老爷的话，依例都搜过了，”狱吏叫道，“那人却是咬断舌头、血流不止而死的！”

狄公长叹一声，语调稍稍和缓，“既然如此，倒也怪不得你。那歹人心肠狠硬，若是决意自裁的话，旁人怕也防他不住。你且回去将那船主的手脚都用链子系在墙上，口中塞入一块软木。再死一个证人的话，我可是担待不起！”

狱吏刚刚退下，档房管事又走进来，在书案上展开长长一轴卷册，纸面已然年久泛黄，却是一百五十年前的蒲阳全图。

狄公指着图中西北一带，满意地说道：“这里果然标有水道！那时还是一条地面上的河道，直注入一处人工开挖的小湖中，这湖正是如今圣明观所在之地。后来河道上加盖了石拱壁，从此隐而不现，拱壁之上又修建宅院。林帆定是意外发现了这条地下水道，于是对这宅子愈发中意了！”

狄公将地图卷起，对几名亲信肃然说道：“你们几个赶紧上路！但愿能在林宅中找出要紧的线索来！”

洪亮马荣陶干一齐告退离去，唯独乔泰端坐未动。方才众人议论时，他始终未发一语，却听得十分仔细，此刻手捻髭须，开口说道：“恕我直言一句，依我看来，老爷似乎不愿细究这梁科发被害一案。”

狄公瞥了乔泰一眼，徐徐答道：“乔泰，你说得一点不错！我以为研究此案还为时过早，虽然心中已有一套想法，却是离奇得连自己都难以置信。以后自会讲与你们几个听听，但却不是眼前。”说罢从案上拿起一份文书来作势欲读。乔泰见状，连忙起身退下。

一旦四下无人，狄公立时将手中的文书抛在桌上，转而从抽屉里取出厚厚一册卷札，正是梁林两家官司的案卷，紧锁眉头重读起来。

# 第二十三回

入书斋彻查无线索

进饭铺巧遇得证人

THE

CHINESE

BELL

MURDERS

洪亮马荣陶干三人一到林宅，便径直去往书斋。这书斋在二进庭院中，窗外便是园中美景，十分清幽雅致。

陶干快步奔向右窗前的乌木雕花书案，光亮的桌面上陈设有文房四宝，细看皆是价值不菲。马荣意欲拉开中间的抽斗，虽不见有明锁，却硬是打不开。

“贤弟且慢！”陶干说道，“我曾在广州居住多年，对这些家什器物上的小小机关倒是略知一二。”

陶干用指尖顺着抽斗前板上雕刻的纹饰一路摩挲，不消片刻便找到了装在暗处的弹簧，拉开抽斗一看，里面满满塞着信札等物，于是将所有文书统统取出堆在书案上，兴冲冲说道：“洪都头，有劳你过目一二！”

洪亮在一把铺有软垫的圈椅上坐定。陶干又与马荣合力将长榻从墙边推开，先细细查看过整个墙面，又从高大的书架上搬下所有书册来一一检视。

三人各自忙碌了大半日，除了马荣间或咕哝着骂几句娘，房内只闻得翻动纸页的沙沙声。

洪亮终于看罢，朝后靠坐在椅背上，废然说道："全是些生意往来的书信而已！我们不妨全部带回县衙去，再仔细查阅一番，没准儿会有信中隐约提到走私生意也未可知。你二人那边情形如何？"

陶干摇头悻悻说道："也是一无所获！如今再去那厮的卧房里看看！"

三人一路行至后院，走入装有暗门机关的卧房内。

陶干很快发现床后的墙面上有块活板，打开看时，里面却是一只铁制银柜，柜门上挂了一把极尽复杂的锁子。陶干捣鼓了大半日，只得无奈罢手，耸耸肩头说道："这银柜只有问过林帆后方能开启。我们且去查看一下穿廊与圣明观的后院，囤放私盐的地方许是会留下些须痕迹。”

白日重游此地，比暗夜中看得更加分明，果然四处打扫得干干净净，草席全被洗刷一新，穿廊上的石板地也用硬尾扫帚仔细扫过，砖缝内连尘土尚且不见一星，哪里来得盐粒。

三人郁郁返回，又查看过其他屋舍，奈何仍是一无所获。所有房间皆是空空如也，当日女眷仆从们离家南下时，家什已被悉数搬走。[1]

午时将近，三人只觉又饿又乏。陶干说道：“六七日前，我曾在此监视林家，听衙役道是鱼市附近有一家小饭馆，用切碎的蟹肉加上猪肉香葱做成馅料，填入蟹壳内，然后上锅蒸熟，据说是一道十分美味的本地菜肴哩！”

“被你说得我口水直流！”马荣叫道，“大家

---

1 “当日女眷仆从们……悉数搬走”不见于荷文本，而是“偶尔可见墙上悬着贵重的巨幅壁画。马荣说道：‘这些画太大了，就连班头也不敢扯下来卷走！’”

快走！”

原来这饭馆是一幢二层小楼，名字倒是颇为动听，叫作“翠羽阁”。只见房檐上悬着长长一条红布酒幌，用大字标明店内有南北各色好酒供应。

三人拉开槅门，一股浓重的大葱炒肉气味扑鼻而来。馆内店面并不算大，一个裸着上身的肥胖汉子手持一把长柄竹杓，立在大铁锅后方，锅内放着竹制笼屉，笼中蒸的正是填馅蟹壳，旁边另有一个后生在大砧板上忙着剁肉。

胖掌柜咧嘴笑道：“几位客官请楼上坐！小人这就前来侍候！”

洪亮要了三笼填馅蟹壳并三壶好酒，一行人顺阶而上。

马荣走到半路时，听得上面响动颇大，转头对洪亮说道：“楼上似是有人正在大宴宾客哩！”

三人上去一看，偌大的房内，只有一个大汉背对门首临窗而坐，身穿一件黑绸外褂，正埋头大力吮着蟹壳，口中啧啧有声。

马荣示意洪亮陶干留在原地，独个儿走上前去，伸手一拍那大汉的肩头，粗声粗气地说道：“老兄，好久不见！”

那人连忙转头回顾，露出一张硕大的圆脸膛，一副浓密油腻的胡须将下半个脸面遮得严严实实。只见他恨恨地瞥了马荣一眼，便又扭过头去，一边用手指拨弄桌上的空蟹壳，一边摇头叹道：“正是因为你老兄，使得我从此不敢再轻易相信朋友。我当日待你总也不薄，后来却听说竟是个衙门里的公人。我与手下一班兄弟在圣明观外一向住得逍遥快活，如今却被扫地出门，许是拜你所赐也未可知哩。你且扪心自问，自己的所作所为可曾对得起天地良心。”

“何必这般牢骚满腹！”马荣说道，“世人各安天命，我不过碰巧认得了狄老爷，并为他跑腿效力挣口饭吃而已。”

“如此说来，传言果然不虚了！”盛八痛心疾首地说道，“那也不中用，你已令我心灰意冷，如今只想在这腌臜小店里，将那黑心掌柜炮制出的几口吃食专心受用了便罢，还请高抬贵手，放我这老实人一马。”

“说起几口吃食来，不知你可有意再来一笼。”马荣笑道，“若是老兄肯赏脸与我等共用，我这几位朋友定会十分欢喜。”

盛八伸出手指，一根一根在胡须上慢慢揩过，方才说道：“也罢，我可不想被人说成是小肚鸡肠、斤斤计较之辈。能够结识你的朋友，我也面上有光。”说罢站起身来。

马荣为盛八引见过洪亮陶干后，另挑了一张八仙桌，并执意要盛八坐了靠墙的尊位，洪亮陶干左右打横，自己坐在对面，又冲楼下高声叫着要添酒添菜。

伙计上前斟酒布菜，过后下楼而去。四人饮过一巡，马荣说道：“看见老兄到底弄了件体面的褂子，着实替你快慰！如此上乘的衣袍，绝无可能是被人丢弃，价格也自然不菲，你老兄定是发了一笔横财，居然如此阔绰起来！”

盛八闻言色变，口中咕哝几句冬节将至云云，复又埋头喝起酒来。

马荣突然一跃而起，出掌打落了盛八手中的酒杯，又将八仙桌朝墙里猛然一推，叫道：“你这厮快说实话！这褂子究竟从何处得来？”

盛八一看眼前的情势，前面被饭桌顶在便便大腹上动弹不得，左右两边又有洪亮陶干，当真是无路可逃，只得长叹一声，将外褂从身上慢慢脱下，愤然说道：“我早该想到你这衙门里的走狗没安好心，怎会叫我来安稳吃饭！只管将这劳什子拿去就是！我这穷鬼活该冻死在冰天雪地里，反正你们也浑不在意！”

马荣见盛八竟如此驯顺，便重又坐下，另斟了一杯酒推到他面前，说道：“我根本无意为难你老兄，只是非得知道这褂子的来历不可。”

盛八满面疑云，只管抓挠着毛茸茸的胸脯，半晌无语。洪亮插话说道：“阁下精明练达，且又见多识广，自然深知与衙门交好实为明智之举，又何乐而不为呢？身为丐帮军师，你亦有责统管全城，我直是将你视作同行一般哩！”

盛八举杯一饮而尽，陶干立时又替他斟满。只见盛八悻悻说道：“好一个软硬兼施，叫我这耳软心活之人如何招架得住，说不得只好和盘托出了。”又喝干一杯，然后叙道，“就在昨天晚上，里长忽然走来，命我们兄弟即刻离开圣明观，究竟有何缘故，却是一字不提！不过我等向来奉公守法，自是二话不说听命照办。只因我在墙角处藏有几贯应急的救命钱，心想万不可留在那里被旁人拿去，于是过了大约半个时辰，便又悄悄折回。

“我对那片地方早已了如指掌，因此根本无须火烛，摸着黑也照样来去。我刚刚将钱串子塞入腰间，就看见有个人从角门里出来，心想定是匪盗一类无疑，哪里有什么正经人会在大半夜里鬼鬼祟祟地四处乱走呢！”

盛八环顾众人，似有所待，却不见有谁搭腔附和，没奈何只得接着叙道：“那人正下台阶时，我从旁使了个绊子，谁承想遇见的竟是个下三滥之徒。只见他从地上翻身爬起，居然掏出刀子就要伤人！我为了保全自家性命，不得不出手将他打倒。你们以为我会剥去他身上所有衣物，再劫去他囊中所有钱财么？没有的事！我胸中自有分寸，只拿走了他一件外褂便离观而去，打算午后便带去给里长过目，并报上受袭一事，满心期望官府会明察秋毫，让那恶棍终得报应。这便是全部实情，敢说句句是真！”

洪亮点头说道：“你果然奉公守法，所作所为甚是正派有理！至于衣袋内可有银两姑且不论，你我既为君子之交，如此细琐之事自然不值一提，不过其中可有什么私人物件不曾？”

盛八转手将外褂交与洪亮，慨然应道："但凡你能找到的，只管拿去就是！"

洪亮先探探两只衣袖，皆是空空如也，又沿着衣褶一路摸去，不意触到一件微物，伸手进去掏出，却是小小一方翡翠印章，连忙拿给马荣陶干同看，只见上面刻有"林帆私印"四字。

洪亮将印章纳入袖中，又将外褂还与盛八，说道："你好生收起这褂子，方才一番言语果然不差，这褂子的主人确是凶犯无疑，烦你跟我们同去县衙做个证人，千万勿要害怕。来来，趁着蟹肉尚未放冷，大家抓紧受用了才是！"

四人一阵风卷残云，转眼间桌上便只剩下一堆空空的蟹壳。

酒足饭饱后，洪亮掏钱付账，盛八硬是说动掌柜打了一成的折扣。依照行规，凡是经营饭铺酒馆者，常常得给丐帮头目一些好处，否则便会冒出一群衣衫褴褛、臭气熏天的叫花子堵在门口，人人见了避之唯恐不及，哪里还会有生意上门。

回到衙院后，三人带着盛八径去二堂。

狄公正端坐于书案后方，盛八一见，不由惊得扎手舞脚，骇然叫道：“老天保佑蒲阳城！如今居然派了个算命先生来作父母官了！”

洪亮忙向盛八说明原委。盛八听过后，赶紧在书案前跪下。

洪亮将得来的印章呈给狄公，又禀明来龙去脉，狄公听罢大喜过望，对陶干低声说道：“原来林帆竟是因此而受伤！他将我们五人压在钟下，不料一出门却遭到这胖子的暗算！”又转头对盛八说道：“如今你可是大有用处！仔细听好，今日午衙升堂时，你必得在场，本县将要带一个人出来与你当面对质，如果就是昨晚交过手的那厮，你如实指认即可，此刻且去三班房内稍歇一时。”

盛八被送走后，狄公对几名亲信说道：“如今有了这新出的人证物证，我想林帆定然难逃法网！不过此人十分危险，我们须得千方百计一力制住他不可。林帆向来养尊处优，若是被视为普通人犯的话，定会按捺不住，而我们偏要如此对待他！如果他恼怒失态，敢说定会掉入我设下的局中！”

洪亮不解地问道：“先设法打开他卧房内的银柜岂不是更好些？再说理应首先审问那驳船上的主事才是。”

狄公摇头说道：“我心中自然有数。午衙开堂时，我只需圣明观后院阁楼上的六张草席即可。洪都头，你这就传话下去，叫衙役班头即刻抬来！”

三名亲信面面相觑，大为惊异，但狄公却缄口不言，未作一字解释，一时尴尬冷场。陶干又开口说道：“敢问老爷，还有那杀人罪又该如何处置？在铜钟底下找到的金锁，分明就是林帆之物，用来指控他岂不正好。”

狄公面色一沉，紧皱两道浓眉，沉思半晌，方才缓缓答道：“实不相瞒，我也委实不知该拿这金锁如何处置，姑且拭目以待提审林帆时会出现什么情形。”说罢展开案上的一卷文书，埋头读了起来。

洪亮见状，对马荣陶干使个眼色，三人悄悄退出二堂。

# 第二十四回

施巧计恶人落法网
赴晚宴群臣论案情

THE CHINESE BELL MURDERS

午衙开堂时，大堂内挤满了前来听审的百姓。昨夜圣明观内一番骚动以及广州富商银铛入狱的消息不胫而走，人人急欲得知究竟。

狄公升堂就座后，先清点过一众衙员，然后发签命狱吏提人。不一时林帆被两名衙役带上堂来，额头处贴着一片膏药。

林帆兀自傲立，对着狄公怒目而视，正欲开言时，头上却已吃了班头一棍，随即又被两名衙役强行按倒跪下。

“报上你的姓名、生业！”狄公命道。

“我先要知道——”林帆刚说了半句，班头又挥起长鞭的手柄，朝他面上猛击一下，口中喝道：“你这狗头小心回话！老爷问什么就答什么！”

林帆额上的膏药被扯下半幅，鲜血自伤处汩汩流出。他只得强压怒火，高声应道：“小民姓林名帆，原籍广州，以经商为业，还望告知为何无故被捉。”

班头复又举起长鞭，狄公摇头示意不可，接着冷冷说道：“等一下便与你说个明白，先告诉本县，以前可否见过这样东西。”说着将在铜钟下发现的那片金锁抬手一抛，只听“当啷”一声，正落在林帆面前的青石板地上。

林帆漫不经心瞥了一眼，忽地一把攫住金锁，捧在手心仔细端详，又紧紧贴在胸前，失声叫道：“这原是——”吐了半句却又止住，决然说道，“这原是我的东西！你从何人手中得来？”

“公堂之上，只有本县才有权发问。”狄公说着递个眼色，于是班头从林帆手中一把夺去金锁，重又送回案桌上。

林帆一怒之下面色煞白，霍然立起，大声叫道：“还给我！”

"跪下，林帆！"狄公怒斥道，"本县这就答复你头一个问题。"见林帆再度缓缓跪下，接着说道，"至于你为何被捉，仔细听好，是因为你违反禁令、贩运私盐。"

林帆看去似已恢复自持，冷冷说道："全是扯谎！"

"大胆刁民，竟敢藐视公堂！"狄公喝道，"来人，给我打十记重鞭！"

两名衙役上前扯下林帆的外袍，又将他脸面朝下按倒在地，皮鞭呼啸着甩了过来。

林帆哪里受过这等皮肉之苦，不由得惨叫出声，待到班头将他拽起时，已是面色灰白、气喘吁吁。

狄公待林帆呻吟稍定，方才说道："林帆听着，本县自有一名可靠的证人，足可证实你犯下走私之罪。虽然叫他开口并非易事，但是吃上几鞭，自会通通招认！"

林帆两眼通红望向狄公，似是全神未定、半昏半醒。洪亮面带疑色瞥了马荣乔泰一眼，他二人也只是摇头，全然不知老爷葫芦里究竟卖的什么药，就连陶干亦是一头雾水、目瞪口呆。

狄公递个眼色，班头立即带了两名衙役下堂而去。

大堂内一片寂静，众目睽睽尽皆盯住那三人适才出去的侧门。

不一时，只见班头挟着一卷黑油布转回，两名衙役跟在后面，吃力地抬着一大卷草席。堂下立时响起一片惊讶的低语声。

班头先将油布在案桌前的地上铺平，两名衙役再将草席展开，摞在油布之上，见狄公点头示意，三人挥动长鞭，对着草席猛力抽打起来。

狄公缓捋长髯，端坐静观，半晌后方才示意住手，于是三人收起鞭子，用衣袖揩擦着额上的湿汗。

“这几张草席皆从林宅后院搜来，原是铺在秘密仓房的地板上。”狄公宣道，“且来看看它们的呈堂证供！”

班头走上前去，重又将草席卷好，然后提起油布的一端，示意衙役拿住另一端，三人来回抖动几下，油布中央便聚起一小堆灰色屑末。班头用刀尖剜了一点，送到案上呈给狄公。

狄公用濡湿的手指蘸了一蘸，送入口中，满意地点头说道："林帆听着，你自以为将罪证全部销去，做得天衣无缝，却没料到这草席无论怎样洗刷，仍是会有些须盐粒留在缝隙中。眼前这小小的一撮，便是你犯罪的铁证！"

堂下百姓听到此处，立时欢声雷动。

"肃静！"狄公断喝一声，又对林帆说道，"你还犯下另一桩罪行。昨天夜里，本县与几名随从在圣明观内查案时，你居然从旁暗算、企图加害，还不快快招来！"

"小民昨夜在家中行走，因为庭院内一片漆黑，不慎跌了一跤，"林帆阴沉答道，"于是又自行敷药医伤。老爷所说之事一概不知！"

"带证人盛八上堂！"狄公对班头喝道。

盛八被两名衙役推出，一步一挪小心翼翼地走上公堂。

林帆一见盛八身上穿的黑绸外褂，立时转过脸去。

“你可认得此人？”狄公对盛八问道。

盛八捻着油腻的胡须，上下打量林帆几眼，瓮声瓮气地答道：“回老爷的话，这人正是昨夜在圣明观前动手打我的那个狗贼。”

“全是胡扯！”林帆怒道，“分明是你这无赖率先出手伤人！”

“昨晚证人藏在圣明观的庭院内，”狄公正色说道，“亲眼看到你如何暗中窥视本县与几名亲信，又如何趁我等钻入钟下时，取了长枪将石鼓凳撬脱出去。”

狄公示意班头带盛八下堂，又靠坐在椅背上，徐徐说道：“林帆，暗害本县一事你休想抵赖。待了结此案后，再将你押解至州府，去审那贩运私盐之罪！”

林帆听到最末处，眼中闪过一丝狡狯的凶光，吮着唇边渗出的血迹，沉思半晌，终于长吁一口气，低声说道："老爷在上，如今小民深知再要抵赖也是无益。要说暗中撬脱鼓凳一事，只是小民一时糊涂，开个玩笑而已，并无恶意，在此恳请老爷见谅。只因近来官府诸般行事，似是专与小民为难，令我着实惶恐不安。昨夜听到圣明观内传出响动，小民便跑去查看，正好撞见老爷与几名随从钻入铜钟下，心中忽然闪出一念，想要教老爷吃些苦头，于是才上前撬脱鼓凳。小民本想跑回自家宅院去唤家丁来抬起大钟，并预备下一套赔罪的说辞，只道是误将老爷及其随从认作一群盗贼。不料行至铁门前，却骇然发现门已紧闭，打开不得，又唯恐老爷在钟下日久气闷，于是连忙朝圣明观前门跑去，预备绕过街巷转回敝宅，不意刚走下台阶时，忽然被人绊倒。待我清醒过来后，急急奔回家中，先命管家立即去救老爷出来，自己稍稍喘息片刻，又自行敷药疗伤。没承想过不多时，老爷居然从天而降，突然出现在小民的卧房中，并且浑身上下……穿戴得不同寻常，乍一看还以为又是什么贼人闯进门来。以上所述俱是实情。

“小民皆因一时兴起而行此恶作剧，不意几乎酿成大祸，在此深表歉意，并甘愿依律受罚。”

“如此甚好，”狄公淡淡说道，“你总算肯自行认罪，令本县十分高兴，如今且听书办念过供状。”

书办大声诵读一遍林帆的口供。狄公只管靠坐在椅背上，漫不经心地捻着颊须，似是兴味索然、听而不闻。

待书办念完后，狄公例行发问道：“你可承认所有供述全是实情？”

“小民承认句句是实！”林帆应声答道，于是班头将供状递过，林帆在上面按印画押。

狄公猛然坐起，倾身向前，声色俱厉地叫道：“林帆，林帆！多年来你一直逍遥法外，今日终于死罪难逃！你刚刚亲手签下的，便是自家的必死文书。

“你满以为暗算他人所受的刑罚只是八十大板，心想贿赂过衙役，便可轻挨几下，过了这一关后，再被解送至州府，那时你所结交的名流权贵自会替你设法奔走，想来花上一笔重金，自可再度脱罪。

“本县在此正告你，你不但绝无可能前去州府，而且将会在蒲阳城南门外的法场上被砍头示众！”

林帆抬头盯着狄公，双目圆睁，似是无法置信。

“依照大唐律法，”狄公接着宣道，“凡是犯有谋反、恶逆与谋叛罪者，将被处以极刑并从重发落。你且听好这‘谋反’二字！刑典中又另有条款，道是加害正在做公的朝廷命官，亦可等同于谋反罪。虽说当初制订刑典时，未必一定有意将这两处联系在一起，但对于此案，本县决意非要如此诠释不可。

“鉴于谋反属于十恶不赦之罪，因此须得直接呈报京师大理寺。如此一来，再也无人能为你奔走说情，天网恢恢，疏而不漏，你罪有应得，死有余辜。”

狄公一拍惊堂木，“林帆，由于你自行供出暗害本县一事，本县在此判你犯下谋反罪，并将处以极刑！”

林帆摇摇晃晃地从地上站起，班头疾步上前替他曳起长袍，遮掩住血迹斑斑的后背。对于被判死罪之人，总得稍稍善待一二。

就在此时，忽听高台一侧有人说话，语声轻柔，却甚是明晰：“林帆，你看我是谁！”

狄公倾身向前。只见梁老夫人直挺挺立在那边，身上似是卸下了多年重负，仿佛忽然之间减了几岁年纪。

林帆浑身一颤，抬手拭去面上的血迹，一双凝视不动的眸子睁得老大，嘴唇翕动半日，却终究未发一语。

梁老夫人缓缓举起手臂，恨恨地指向林帆，开口说道：“你杀死了……你杀死了你的——”声音忽然转低，并垂下头去，绞着两手语不成声，“你杀死了你的——”又缓缓摇一摇头，抬起泪水横流的脸面，对着林帆注视良久，脚底打起晃来。

林帆朝梁老夫人那边奔去，不料班头动作极快，一把擒住他的双手反剪在背后，两名衙役上前将他拖了出去，梁老夫人也已昏厥倒地。

狄公一拍惊堂木，宣布午衙退堂。

话说十天过后，当朝宰相在京师相府中设下晚宴，请了三位宾客小聚。

时值秋末冬初，宾主落座于轩敞的大厅内，三扇大门齐开，园中景致尽收眼底，月下的莲池波光粼粼，煞是幽美。宴桌旁放着几只大铜盆，里面满是红热的炭火。

座中四人皆是年逾花甲，都已经历过大半生宦海沉浮，此时团团围坐在一张乌木雕花桌案旁，桌上摆满珍馐美味，杯盘碗碟亦是一色上等精细瓷器，十来个仆从服侍左右，另有宅中主事从旁小心督管，但见杯中酒尽，便立时命人重又斟满。

宰相请大理寺卿坐了首席，此人体格魁梧、器宇轩昂，长长的颊须已显灰白；另一侧是礼部尚书，身材瘦削，腰背微微佝偻，皆因在礼部供职多年所致；对面则是御史大夫，胡须花白，眼神凌厉。此人向来铁面无私、刚直不阿，故此朝野上下人人敬畏。

晚宴已近尾声，四人正在细品最后一盅美酒，诸般公事皆已议毕，转而漫语闲谈起来。

宰相捋着一把银须，对大理寺卿说道："圣上得知蒲阳县佛寺内淫僧一案后，深为震动。这三四日内，虽则就任国师的白马寺住持为了同教中人天天跟圣上求情，却是终究未果。

"老夫在此不妨预先告知诸位，明日圣上便会降下一道御旨，将白马寺住持从内阁中逐出，同时撤销对佛寺免征赋税的恩典。此事不但确凿无疑，而且可视为佛门势力从此不得干预朝政的一大征兆！"

大理寺卿点头说道："即使一个风尘俗吏，有时也会由于因缘际会，而在无意中成就一桩造福社稷的莫大功业。蒲阳县令狄某人出其不意，突然查封了富甲一方的当地大寺，若是依今之势，整个佛门势力定会全力反扑，那狄县令等不到官司了结便已自身难保。可巧就在当天，驻守蒲阳的军兵被紧急调遣离城，于是众乡民出于一时暴怒，群起殴毙了所有淫僧。那狄某人大概不会想到，这一机缘巧合即使不至救了他的性命，起码也救了他的前程。”

“听寺卿提及狄县令，倒是让老夫想起一事。”御史大夫开言道，“我这里另有两件案报，亦是由此人主持办理，一桩是无赖游民做下的奸杀案，案情简单无须多言，另一桩却是涉及一名广州富商，狄某人在裁断此案时，居然利用律法条文，使出刑名伎俩，令我十分不以为然。不过既然寺卿与座下同僚皆已准了原判，想来其中必有缘故。如能惠示一二，老夫感激不尽。”

大理寺卿放下酒杯，微微一笑说道：“此事说来话长！多年前我曾外放广东，任按察副使一职，当时的上峰臬台姓方，此人后来因盗用官府资财而被明正典刑，落得个身败名裂的下场。那名富商当年在广州买凶杀人，又通过大肆行贿而逃脱法网，后来还做下几桩大案，其中包括一举害死九条人命，凡此种种，皆是我当日亲历之见闻，至今犹记。

“蒲阳县令定是深知此人不但家资甚巨，而且在官场上结交甚广，因此必得尽快了结此案。于是他并未着力于查勘重罪，而是诱使案犯招认了一项轻罪，然而依据刑律，此罪却可等同于谋反。我与同僚尽皆认为，一个逍遥法外二十余年的恶徒最终落入刑名陷阱之中，真可谓是得其所哉，故此一致赞同原判。”

“原来如此，大人一席话令我豁然开朗。”御史大夫说道，“明早头一件公事，便是签发批复准此案报。”

礼部尚书饶有兴致地从旁倾听良久，此时开言说道：“老夫虽对刑名之事不甚在行，却也听得出这狄县令办了两桩要紧的大案，一是打击了佛门势力，二是教训了目中无人的广州富商，令他们对官府有所忌惮。此人既然才干优长，何不就此擢升要职、委以重任？”

宰相缓缓摇头，“想来这狄县令应是未逾不惑，仕途漫漫，来日方长，以后有的是机会足证长才。升迁若是来得太迟，自不免中心酸涩，若是来得太早，却又会于望甚奢。古人云‘过犹不及’，是以二者皆不足取，处事还当力求中正，方可保天下太平、社稷安定。”

“我也正是此意。”大理寺卿说道，“不过对那狄县令，不妨略施颁赉以资嘉勉，还望尚书大人不吝赐教一二。”

礼部尚书捻着胡须，沉吟半晌后说道：“淫僧一案既已直达天听，且圣上亦是加恩首肯，老夫明日上朝时，便恭请圣上以御匾赐予狄县令以示嘉许。当然并非御笔亲题，只是选取合用的字句，制成一方匾额而已。”

“此举最是合宜不过！”宰相大声赞道，“大人不愧深谙此道，实在高明得很！”

礼部尚书破例微微一笑，沉吟说道：“礼法仪制能使人人各司其职，处处各得其正，是以上下协同，诸事顺遂。老夫多年致力于陟罚臧否之道，如同金匠称量黄金一般再四斟酌，须知毫厘之差，便足致偏颇失衡，敢不小心谨慎哉。”

众人起身离席。宰相在先引路，宾主降阶而下，去往莲池边漫步绕行。[1]

---

1 “宰相在先……漫步绕行”不见于荷文本。

# 第二十五回

法场上二犯受极刑
御匾下县令长跪祷

THE CHINESE BELL MURDERS

足足半月过后，关于三案的批复方才从京师送至蒲阳。

自从那场轰动全城的堂审过后，狄公不知为何变得郁郁寡欢，终日独自闷坐苦想，几名亲信只能暗中猜测，却始终不明就里。以往每逢人犯招供后，狄公总会与他们几个从头至尾谈笑议论一番，这次却仅对四人的出力襄助略谢一语，旋即又埋头公事，令洪亮等人郁闷不解，唯有坐等煎熬，日子过得好不难耐。

差官到达蒲阳时已是午后。陶干正在公廨内核对县衙账目，忽见送来一只沉甸甸的信袋，签收之后，便立即捧至二堂给老爷过目。

此时洪亮手中亦有几份公文急需狄公批复，正在二堂中坐等，马荣乔泰也在一旁。

陶干一见众人，特意将信封上的京师大理寺印章给他们瞧过，然后往书案上一掷，兴冲冲地说道："各位，这定是关于那三桩案子的批文，总算能让老爷高兴高兴！"

"依我看来，"洪亮说道，"老爷似非为了此事而忧心忡忡。他心里到底在盘算什么，对我也从未吐露一字，但我确信那是一桩非常私密之事，他兀自苦苦琢磨，却仍是无果。"

"我可知道老爷一旦宣判的话，"马荣插话说道，"有人定会立时精神大振，那便是梁老夫人！户部自会收去林帆的万贯家财，梁老夫人即使不能全得，有个几成也足可富甲天下了！"

"那本是她应得之分！"乔泰说道，"当日见她终于报仇雪恨时，却昏倒在大堂上，着实令人心中不忍！想来定是喜极难抑，听说这半月来一直卧床不起哩！"

这时狄公走入，四人连忙立起。狄公只是草草招呼一声，接过洪亮递上的信袋，开封浏览后说道："朝廷已经准了这三桩案子的原判。林帆将会身遭酷刑。依我之见，只要砍头即可，不过如今只能依令行事。[1]"

狄公又看过其中盖有礼部大印的附文，转手递给洪亮，整肃衣袍朝着京师长安方向行礼如仪，然后说道："圣上赐了一方御匾下来，乃是御笔亲题，蒲阳县不日便会承此殊荣。洪都头，御匾一旦送到，你务必派人立即悬在县衙大堂上！"

四名亲信闻听此讯，纷纷上前道贺，狄公却只是淡淡相对，又道："明日我将宣布关于三案的判决，照例在天亮前一个时辰提早升堂。洪都头，你去吩咐衙内一应人员，再传话给军营统领，就说我需要一队兵士届时押送犯人前去法场。"说罢捋着长髯沉思半晌，到底叹了口气，打开洪亮放在案上的待批公文。

---

1 "依我之见……依令而行"不见于荷文本。

陶干拽拽洪亮的衣袖，马荣乔泰也从旁示意怂恿，于是洪亮清清喉咙说道：“我们几个仍在寻思林帆谋害梁科发一事。既然明日一早便会结案，不知老爷可否能为我等解说一二？”

狄公抬头简短说道：“且等明日处决了人犯之后再议。”说罢复又埋头看起公文来。

次日一早，离升堂尚有一半个时辰，大批蒲阳百姓便已摸黑离家、直奔县衙，齐聚在此静候开门。

衙役终于将两扇大门推开，众人鱼贯涌入。只见大堂内沿墙点起十来支巨烛用以照亮，除了一应衙员，班头身后还立着一个彪形大汉，肩上扛一柄鬼头刀。众人看在眼里，自是心领神会，彼此交头接耳、议论纷纷。

来者中大多是急于知道城里出的三桩大案到底如何裁决，但也有少数老者心中惴惴，深知官府一向将聚众暴乱视为大忌，唯恐对群起殴毙僧人一事也作如是观，并会予以严惩。

这时三声铜锣敲响，低沉的锣声响彻衙院内外。

只见高台后方的帷幕一动，狄公迈步走出，四名亲信紧随其后。狄公肩上披了一条猩红绶带，预示有人将会被判死罪。

狄公落座后，先清点过一众衙员，然后命人带黄三上堂。

黄三在狱中住了这些日子，膝伤已然大愈，早起后受用过最后一顿有酒有肉的上路饭，看去一副听天由命的模样。

待黄三在案桌前跪定，狄公展开一卷文书，高声宣道："人犯黄三，将被处以俱五刑，押至法场砍头示众，然后尸身切成几段着去喂狗，人头将在城门上悬挂三日，以儆效尤。"

衙役将黄三的两臂捆缚于身后，又在后背正中插了一块白色犯由牌，上面用大字写着人犯的姓名、罪状以及所受刑罚，随即带他下堂而去。

主簿呈上另一份文书，狄公展开后，对班头命道：“传了悟法师与杨氏姊妹上堂！”

班头很快带了一名老僧转回。只见那老僧身着明黄镶边的紫罗袈裟，足显身份尊贵，拄着一根朱漆手杖走到堂前，先将手杖置于地上，然后缓缓跪下。

那边阿杏青玉由狄府管家带上堂来。二女身着一色淡绿衣裙，长袖飘摇，乌发用绣花彩缎束成闺中少女的发式。众人见这一对姐妹姿容秀美、光彩照人，不禁啧啧称羡。[1]

狄公开言道：“本县将宣读对普慈寺一案的裁决。

“普慈寺所有财物没收充公。除了大殿与一座侧殿之外，其余房舍楼阁一律夷为平地，自即日起，将在七天内完工。

“了悟法师仍可在普慈寺内供奉观世音菩萨，手下僧众不可多于四人。

---

1 “班头很快带了一名老僧转回……不禁啧啧称羡”不见于荷文本，而是“老僧与二女跪在案桌前”。

"由于勘案时查明寺内六座亭阁中有两座并未装有暗门机关，因此可以断定，曾在寺内留宿并过后诞育的妇人，确是托赖观音大士的无边法力而如愿得子，切不可无端怀疑其所生子女为他人骨血。

"特从收缴的普慈寺财物中拨出四锭黄金，赐予杨氏姊妹作为奖赏，其家乡原籍的地方官员也已接到指令，将在户籍簿册中为杨家注明曰'于国有功'，并免征杨家五十年赋税。"

狄公略停片刻，手捋长髯环视堂下众人，又一字一顿地宣道："蒲阳民众目无国法，肆意妄为，竟然群起殴毙二十名僧人，有碍官府执法办差，朝廷得知后大为不悦。蒲阳全城对此暴乱皆是责无旁贷，朝廷本欲严加惩处，但又念及此案非同寻常，加之蒲阳县令力求宽大为怀、网开一面，故此决定于法度之上格外破例开恩，只加以严厉警诫。"

堂下响起一片欣喜感激的低声议论，有人开始领头欢呼县令老爷福寿绵长等语。

“肃静！”狄公断喝一声，然后缓缓卷起文书。了悟法师与阿杏青玉叩头谢恩，随即下堂而去。

狄公向班头递个眼色，两名衙役带了林帆进来。

经过这一向牢狱之灾，林帆看去苍老了许多，双目凹陷，面容憔悴，抬头望见狄公肩上披的猩红绶带和森然兀立一旁的刽子手，更是浑身颤抖、无力自持，全靠衙役从旁掖扶，方才勉强跪下。

狄公将两手笼在袖中，端然正坐，缓缓宣道：“人犯林帆，犯下谋反大罪，依律将被处以车裂。”

林帆嘶哑地惊叫一声，立时昏倒在地，班头取来热醋置于他的鼻下。狄公接着宣道：“林家所有房屋、田地、商号以及全部财物，悉数籍没入官，其中一半将归还梁欧阳氏，作为梁家因遭林贼荼毒而蒙冤受屈的补偿。”说罢环视堂下，却未见梁老夫人的身影。

“以上便是有关林帆谋反一案的判决，”狄公最后说道，“鉴于人犯将被处死，且梁家已得赔偿，因此梁林两家讼案亦就此了结。”说罢一拍惊堂木，宣布退堂。

狄公刚一走回二堂，堂下众人便欢呼称颂起来，随即纷纷奔出衙院，为的是能跟随押送犯人的囚车一路去往法场。

木笼囚车已在正门前备好，一队执戟佩剑的兵士团团围在四周。八名衙役押着林帆与黄三出来，令二人并排立于车中。

“让开！让开！”守卫喝道。

一队排成四列的衙役首先走出，狄公的官轿紧随其后，接着又是一队衙役，再后便是由兵士护卫的囚车，一行人直往南门而去。

到达法场后，狄公下了官轿，全身披挂的军营统领上前相迎，又引路来到连夜搭建而成的临时公堂前。狄公在案桌后坐定，四名亲信立于一旁。

两名行刑副手将林帆与黄三从囚车上带下，众兵士也纷纷下马，环绕四周布成警戒线，手中所持的长戟在微红的晨色中闪出凛凛青光。

大批百姓汹涌而至。众人眼见旁边有四头健硕的耕牛，正安然咀嚼着老农投喂的草料，不由生出几分寒意。

狄公举手示意，两名副手按着黄三跪下，拔去插在背后的犯由牌，又替他松开领口。刽子手提起沉甸甸的法刀，抬头望向狄公，一见老爷点头，便朝着黄三的脖颈挥刀直砍下去。

黄三合仆在地，不知是因为其颈骨异常粗硬，还是因为这一刀的手法不甚精准，头颅只断了一半。

人群中响起一片议论，马荣亦对洪亮[1]低声说道："这厮果然说得不差！可怜死到临头仍是浑不走运！"

只见两名副手将黄三提起，刽子手使出猛力又补一刀，人头直飞到半空中，又骨碌碌滚出数尺开外。

剑子手提起人头呈至案上，待狄公用朱笔在前额画过记号后，随即抛入竹篮中，留待过后钉于城门

1　在荷文本中，此处为马荣对乔泰说。

之上。

轮到林帆被带至法场中央，两名副手将缚在他手上的绳索割断。林帆一见四头耕牛，立时高声叫喊，并与二人撕扯扭打起来，却被刽子手上前一把擒住脖颈扔在地上，两名副手捉住他的手腕脚腕，开始捆缚粗绳。

刽子手朝立在一旁的老农示意，老农徐徐将牛群牵至中央。[1]狄公俯身与那军营统领耳语几句，只听统领喝令一声，兵士们挪动几步，密密围成方阵，挡住了众百姓的视线，使其看不到将要出现的血腥一幕，众目睽睽，尽皆盯在端坐高台的狄公身上。

法场内外一片沉寂，此时从远处的田庄里隐隐传来报晓的鸡鸣。

狄公点头示意。

林帆突然大叫一声，继而转为渐低的伤吟。

---

1　此句不见于荷文本。

老农轻轻吹着口哨召唤耕牛，这哨声本应使人想起一派宁静祥和的田园景象，如今却令看客们吓得两股战战。

林帆再度惨叫出声，并夹杂着几近疯癫的狂笑。又闻得“哗啦”一声响，听去犹如枯木开裂一般。

兵士们立在原地未动，围观者只能看见刽子手将林帆的人头从残躯上砍下，又提到案上，狄公照样用朱笔在前额画过记号，过后将与黄三的人头一起被悬在城门口。

刽子手掏出一锭纹银，给那老农作为酬谢。虽说种田下地之人平日里难得能有银子到手，但如此晦气不祥的赏钱，还是被老农一口回绝了。

此时铜锣敲响，兵士们执戟敬礼，狄公走下高台。几名亲信见老爷面色灰白，饶是清早寒气迫人，额头上却兀自汗水涔涔。

狄公坐轿回城，先去城隍庙中拈香祝祷，然后返回衙院。

狄公步入二堂，见四名亲随已齐集等候，默默抬手示意一下，洪亮连忙端上一杯热茶。狄公慢慢呷了几口，忽见班头推门闯入，急急说道："启禀老爷，梁老夫人服毒自尽了！"

洪亮等人齐齐发出一声惊呼，唯独狄公面不改色，命班头带了仵作速去梁宅，并交代仵作在填写尸格时，注明梁老夫人由于头脑昏乱而自尽身亡，随后朝椅背上一靠，木然说道："梁林两家一案，今日总算彻底了结。林家最后一人死于法场，梁家最后一人也已服毒自尽。这一场冤冤相报的世仇，延续了将近三十年从未稍歇，经过一连串的杀人放火、奸淫欺诈后，人人皆死于非命，如今终于一了百了。"说罢两眼出神望着前方。

几名亲信听得目瞪口呆，无一人敢贸然出声。

狄公蓦地回过神来，将两手笼在袖中，徐徐说道："当日我研究此案时，立时便注意到一桩怪事：林帆生性残忍无情，梁老夫人一向与其为敌，林帆也曾使出各种手段来想要除掉她，但却只是发生在梁老夫人来到蒲阳之前，为何在本地从未对她有所举动？要知道就在不久前，林宅内外还有许多家丁爪牙，轻易便可取她性命，然后再伪装成意外身亡。林帆在蒲阳杀死梁科发倒是毫不犹豫，企图谋害我们几个时也未见丝毫踌躇，但自从梁老夫人来到蒲阳后，却始终不敢动她一根寒毛，到底是何缘故？我对此百思不解，直到在铜钟下发现那片金锁后，方才得到一丝线索。

“你们见金锁上镌着一个‘林’字，便都以为必为林帆所有，但这种金锁常是挂在脖子上的贴身佩戴之物，即使线绳断开，锁片也会落入衣襟内，因此不可能是林帆所遗失。由于锁片被发现时就在尸骨的颈部附近，我便推定实为死者所佩之物。林帆并未见过这金锁，因为死者将它戴在衣服里面，只有当所有衣物与线绳皆被虫蚁啃噬精光后，才会暴露出来。故此我怀疑那死者并非梁科发，而是另外一个同样姓林之人。”

狄公略停片刻，将茶水一口喝干，接着叙道：“我重又细读自己为此案所作的笔录，结果又发现一处疑点，亦可证明死者另有其人。梁科发初到蒲阳时，应是三十左右年纪，梁老夫人在户籍登记簿册上亦是注明三十岁，但是高里长却对陶干道是梁科发看去更像是个二十出头的青年后生。

“于是我开始怀疑梁老夫人的身份，怀疑她可能是冒名顶替的另一个女人，且对梁林两家的恩怨了如指掌。她与梁老夫人一样对林帆恨之入骨，但林帆却始终不愿或是不敢加害于她。我又翻阅了一遍梁老夫人呈上的案卷，试图找到可能扮作梁老夫人祖孙的老少二人，不意竟萌生出一个离奇的念头，起初连自己也觉得太过荒谬，不料却被后来发生的一系列事件逐渐证明确是实情。

“你们想必记得案卷中有录林帆奸淫了梁鸿之妻后，他自己的妻室很快便失踪不见，虽然据说是遭了林帆毒手，却未有任何证据，且尸身也从未被发现过。如今我才明白，林帆并没有杀害其妻，而是她自行离家出走。她一直深爱着自己的丈夫，甚至对于丈夫害死自己父兄的行径亦可隐忍容谅，因为女子嫁后便须从夫。但是当林帆对她的嫂子心生情意时，她的爱便化作了恨，且是一个遭人鄙夷、沦为笑柄的女子所能生出的刻骨仇恨。

“既然她决意要离开丈夫并施行报复，那么暗地里与其母梁老夫人有了来往，并情愿一道对付林帆便是意料中事。她的离家出走，对于林帆已是沉重的一击，或许你们听了觉得奇怪，但林帆确实深爱着她，对于梁鸿之妻的淫欲不过是一时邪念突发，却并未因此而减损对其妻的挚爱——据我所知，这大概是能够收束住如此心肠狠硬之徒的唯一一根缰索。

“林帆失去爱妻后，心中的恶毒本性急剧爆发，对梁家的迫害也愈发变本加厉，终于买通土匪，将他们全部杀死在石堡之中，其中亦包括梁老夫人与其孙梁科发。”

陶干听到此处意欲开口，狄公抬手止住，接着叙道：“林梁氏从此代替了她母亲的位置。由于她深得其母信任，且对梁家的所有情事十分稔熟，因此扮成梁老夫人并无难处。据我猜想，她们母女二人容貌本就有几分相像，只须装扮得更为老态即可。梁老夫人生时定是意欲再度对付林帆，并在去田庄避祸之前，已将所有相关文书都交托给女儿收藏保管。

“就在土匪洗劫过田庄不久，林梁氏定是在林帆面前亮出了身份。这一打击对林帆比上次更甚，因为他的妻室不但尚在人世，而且弃他于不顾，甚至还要与他不共戴天。但是林帆又不能去官府告发她冒名顶替，但凡一个尚有自尊的男子，谁肯承认竟与其妻反目成仇呢？加之他对其妻的爱意从未稍减，因此只得离开广州躲到蒲阳。当林梁氏也一路追踪到此地时，林帆便打算再觅别处暂避。

“林梁氏虽对林帆明白道出自己的意图，却独独瞒过了一桩事，即与她同来的青年后生的真实身份，只对林帆道是他名叫梁科发。在这场浓黑而悲凉的长剧中，我以为这才是其中最为惨绝人寰且难以置信的一出，比起林帆的暴戾凶狠来，林梁氏暗藏的残酷用心实是更胜一筹，这刻意欺瞒正是其鬼蜮伎俩的一部分，因为那年轻后生非是别个，正是她与林帆的亲生儿子。”

听到此处，四名亲信终于忍不住冲口议论起来，被狄公再度示意后方才收声。

“当年林帆奸污梁鸿之妻时，并不知道其妻在经历多年不育的折磨后，终于有了身孕。我不敢说自己能猜度得中一个女子心底最深处的隐秘，但是试想正当林梁氏认为他们夫妻的情爱终于开花结果、臻于完满时，林帆却转而移情别恋，敢说这一变故激起她的狂怒，以至于泯灭了天良人性。我之所以说她泯灭人性，是因为她为了报复丈夫，竟不惜牺牲自己的亲生儿子，为的就是有朝一日能够亲口对林帆说出，其实他杀死了自己的儿子，从而给予他最致命的一击。

“林梁氏必曾设法使那后生相信自己便是梁科发，不定说过为了保护他不受林帆迫害，故此自幼便隐姓埋名云云，但仍将林帆在新婚时相赠的那片家传金锁戴在他身上。

“以上种种全是我的推测猜想，直到当堂审问林帆时，方才得到确证，是以今日才可将这一可怖的故事讲与你们几个来听。头一个证据是我将金锁拿给林帆看时，他几乎冲口道出这原是其妻所有之物。还有一个证据，则是他们夫妻二人在堂上相见时那短暂而悲伤的一幕。对于林梁氏而言，终于等到了这梦寐以求的一刻，多年的苦心经营终于有了结果，林帆终于身败名裂，并且将要命丧法场，如今便是再给他致命一击从而使他肠断心碎的绝好机会。于是她抬手指着林帆恨恨地说‘你杀死了你的——’，但却无论如何也说不出最后几个字来，不能彻底道出那可怕的真相‘你杀死了你的亲生儿子’。她看见林帆面带血迹立在那边，终于一败涂地、无可挽回，心中所有的仇恨立时化为乌有，眼前之人非是别个，分明只是她曾经挚爱过的丈夫，一时五内俱焚、支撑不住。林帆朝她奔去，并非如班头等人所想的意欲动手袭人，我清清楚楚看见他眼中真情流露，只是想抢上前去伸手搀扶，免得她倒地摔伤。

“此案的来龙去脉便是如此，如今你们总该明白为何我会在审问林帆之前十分为难。我不但捉住了他，还得迅速了结此案，且又不能判他杀死亲子之罪，那样一来，便得花费数月工夫来证明林梁氏的真实身份，故此我才决意设下圈套，诱使林帆供认暗害朝廷命官之罪。

“然而他即使招供，也不能令我摆脱困境。朝廷自然会将林家一部分财物归还给冒名顶替的梁老夫人，我绝不愿让她得到这笔本应归公的财产。当日我向她询问有关土匪血洗田庄的细节时，她定会意识到我已窥知真相。我一直等待她主动前来，但却迟迟不见出现，我还寻思要不要动用官家权柄传她到衙，如今总算一了百了。她早已决意自裁，之所以等待至今，只是为了要与其夫在同日同时双双离世，公正的上天自会对她做出裁断。”

二堂中一片静默。

狄公浑身一竦，将身上的衣袍裹紧，又道：“冬日将近，天气越发冷了。洪都头，你出去命衙吏备起一个火盆来。”

四名亲信告退后，狄公起身走到放置镜匣的条几前，只见镜中映出一张疲惫不堪的脸容，面色憔悴，神情惨淡。

狄公摘下乌纱帽，折起后放入镜面下的抽斗中，换上一顶家常便帽，反剪着两手在室内来回踱步，努力试图整顿全神，奈何终是无济于事。刚刚将思绪从适才议论过的家族惨剧上转至别处，眼前便会浮现出普慈寺众僧肢体零落的骇人景象，耳边复又回响起林帆受刑时发出的狂笑声，不禁悲从中来，绝望地自问上天何以会操弄出如此可怖的痛苦遭际，如此血腥的暴虐横死。

这种种疑虑困惑，折磨得狄公心绪难平，不禁举手掩面，立在书案前久久未动。

狄公终于垂下两手，眼光落到礼部发来的公文上，想起须得查看一番衙吏们是否已将御匾挂好，不由苦叹一声。

狄公掀开帷幕，步入大堂，绕过高台行至堂下，转身缓缓朝上望去。只见铺着猩红锦缎的案桌，无人就座的圈椅，后墙上绣有獬豸图样象征明察秋毫的帷幕，一方御匾正挂在最高处。

狄公看到匾上的字迹，立时五内撼动、感慨万千，禁不住屈膝跪倒在冰凉的青石板地上，独自于空旷清冷的大堂内衷心默祷良久。

此时晨光从窗外射入，正照在御匾之上，“义重于生”四个笔法苍劲、完美无瑕的镏金大字熠熠闪光。

御匾下县令长跪祷

# 后记

高罗佩

中国古代探案小说有一大共同特色，即总是由案件发生地的县令充当侦探的角色。

县令负责主管辖区内的行政事务，通常包括城墙围绕的县城和方圆大约二百里的乡下，并负有多种职责，不但全权管理收税、出生死亡婚姻的登记、田地即时注册，还要维持治安、主持断案、缉拿并惩罚罪犯、听取所有民事及刑事案件。由于县令实际掌管着百姓日常生活的方方面面，因此通常被称为“父母官”。

县令向来公务繁重、十分劳碌。他与家人同住在县衙大院内一处分割开来的独立院落中，依例每天须将所有时间都用于办理公务。

在中国古代官僚政治系统中，地方县令处于这一庞大金字塔的最底层。他必须向主管二十多个县的刺史汇报，刺史又向主管十来个州的本道观察使或节度使汇报，观察使或节度使再向位于京城的中央部门汇报，皇帝则居于最高地位。

任何平民，无论出身是贫是富、家世背景如何，都可参加科举考试，一旦通过便可步入仕途，成为一名地方县令。就这一方面而言，当欧洲尚在封建制度下时，中国的政治系统已经具有了相当民主的一面。

县令的任期一般为三年，之后将改任其他地方，直至被擢升为刺史。这一升迁是有选择性的，完全依其实际政绩而定，因此资质平庸者通常做县令的时间会更长。

县令在履行日常职责时，有县衙内的一班永久人员辅助，比如衙役、书办、狱吏、仵作、守卫及走卒。但是这些人只办理例行公务，并不涉及办案。

办案由县令亲自主持，并有三四名亲信辅助。这些亲信常是县令初入仕途时便挑选出来并一路追随的，其地位高于县衙其他人员，并且在当地无亲无故，因此在办理公务时更少为私人考虑所影响和左右。出于同样原因，本乡本土之人不能被任命为当地县令便成为一条定例。

本书提供了中国古代法庭的基本规程，第四回的插图中展示了县衙大堂的格局。每逢开堂时，县令在案桌后就坐，亲信与书办分立左右。案桌很高，桌面上铺有一幅垂至地面的红布。

案桌上通常陈设有以下物品：一方朱墨二色砚台，两支毛笔，一只盛有多枚细竹片的圆形签筒，这些竹片常在犯人受刑挨打时用来计数。比如衙役要打十棍，县令便会掣出十枚竹签来掷于地上，每打一下，衙役班头便会将一枚竹签取过放在一旁。

案桌上还摆有县衙大印与惊堂木，后者的形状与西方法庭内常用的木槌不同，是一块长方形硬木，长度大约一尺左右，用于震慑公堂。

衙役们在高台前排成左右两列，彼此相向而立。在整个讼告过程中，原告与被告都必须跪在光秃秃的石板地上，夹在两列衙役中间，并无律师从旁协助，也可能没有证人，其处境很难令人歆羡。整个程序实则是为了对平民百姓形成威慑作用，造成一旦牵涉进法律便会后果严重这一印象。县衙每天依例开堂三次，分别在早晨、正午和午后。

中国法律有一条基本原则，即任何人在自行招供罪行之前，不得被判有罪。有些顽固死硬的罪犯即使面对铁证仍会拒绝认罪，并藉此逃避惩罚。为了避免发生此种情形，法律允许用刑，比如用鞭子或竹板抽打，枷手或枷踝。除了这些法定许可的刑罚之外，县令常会使用更加严酷的手段。但是，如果被告受到永久的身体伤害或是死于酷刑之下，县令及其整个衙内人员都将受到极其严厉的惩处。因此，绝大多数县令更依赖其精明的心理洞察力和下属的知识来办案，而并非一味使用酷刑。

总而言之，中国古代的政治体系运行相当良好。上层的严格管束避免了越轨不法行为，公众评议则是约束邪恶或渎职县令的另一种方式。死刑须得皇帝批准，任何被告都可向更高一级的法律系统提出申诉，最高可诉至皇帝面前。县令不可私下审问被告，包括初审在内的所有听审都必须在县衙大堂上公开进行，一切过程都将被详细记录下来，并呈报给上一级官员以供检查。

至于书办如何能不用速记法而准确记下审案过程，读者可能会对此有所疑问，答案在于中国的文言文本身就是一种速记法，仅用四字便可记下口语中需要二三十字的语句，并且还有多种快速书写方式，笔画多达十几划的汉字，可以简化到一笔完成。笔者在中国任职时，中方雇员常会为一些内容复杂的谈话做笔录，他们记录的精确程度着实令人惊叹。

笔者过去曾提到过中国古文在书写时不使用标点

符号，字体也并无大小写之分。本书第十四回中有伪造遗书一节，如果使用任何一种罗马字母系统的文字，这种情形则根本无从发生。

狄公是中国古代著名判官之一，历史上实有其人，其全名为狄仁杰，生于公元630年，卒于公元700年，是唐代的一位著名政治家，早年曾历任地方县令，由于勘破了许多疑难案件而赢得声誉。正是由于他享有断案如神的名声，在后来许多公案小说中，他被塑造成一位英雄人物，当然这些小说的大多数内容并无史实基础，纯属虚构而成。

狄仁杰后来官至宰相，对于国家政事有过许多良好建议，起到了有益的影响。当时大权在握的武后意欲将王位传给自己喜爱而并非合法的继承人，正是由于狄仁杰的强烈反对而打消了这一念头。

在所有中国公案小说中，县令总是同时办理三桩或者更多完全不同的案件，笔者在这部小说中，也沿用了这种饶有趣味的特色，将三个案件组织成一个连续的故事。依我看来，在这一点上，中国公案小说比西方侦探小说要更加符合实际。在一个有着众多人口的地区内，主管者必须同时办理多个案件才是唯一合理的方式。

笔者遵循中国小说传统，在将近终篇时，加入了中立旁观者调查案情的情节（见第二十三回），并描写了行刑过程。中国人的正义观念要求对于罪犯受刑须得做详尽描述，同时中国读者通常希望在结尾处，会看到精明能干的官员得到擢升，并且所有出力协助之人都受到奖赏，笔者对此亦作了较为含蓄低调的再现，即狄公获赐御匾作为嘉奖，杨氏姐妹则得到一笔赏金。

笔者借用了中国明代小说中所描写的风俗，即十六世纪时的风土民情，而本书背景实则是在几百年之前。书中的插图也同样借用了明代的服饰习俗而并非是唐代。敬请读者注意那时的中国人并不吸食烟草或是鸦片，也不留辫子——这是公元1644年满族人入主中原后才强加于汉人的习俗。男子留长发并盘成顶髻，无论室内还是室外都必须头戴冠帽。

本书第十三回中提到的冥婚现象，在中国相当普遍，经常出现在指腹为婚中。两位知交好友约定他们的子女长大成人后将结为夫妻，如果其中一个孩童在婚龄前夭亡，通常会与尚且在世的另一个举行冥婚。如果长大成人的是男方，冥婚就仅仅是个形式而已，一夫多妻的婚姻制度允许他自可另娶妾室，但在族谱上仍须注明早夭的少女乃是其唯一的正妻。

本书中对佛教僧人颇多贬抑之辞。在这一点上，笔者亦是遵循中国传统。由于中国古代小说常是由文人学士撰写而成，而这些文人多是正统儒生，对佛教抱有偏见。在许多中国古代小说中，和尚常是作为反派恶徒的形象出现。

笔者还参照中国公案小说传统，在开篇时用一个简短的楔子作为引文，在其中暗伏了后面正文中的某些情节，并用一组对句作为每一章节的回目。

半月街奸杀案取材于包公办理过的著名案件之一。包公本名包拯，是宋代著名政治家，生于公元999年，卒于1062年。在明代时，一个无名作者将传说中包公所断之案搜集整理后，编写了《龙图公案》一书，又称《包公案》，此节为书中第一则《阿弥陀佛讲和》，情节简单近于梗概。包公之所以能破解此案，是因为命手下随从扮作阴间厉鬼，从而使得人犯招供，这一方式虽然颇为勉强，却在中国公案小说中屡见不鲜。笔者更乐于采用另一种更为合情合理的勘案方式，藉此表现狄公的卓越才能。

普慈寺淫僧案取材于《醒世恒言》第三十九回《汪大尹火焚宝莲寺》，此书由明代文人冯梦龙编纂而成。冯梦龙一生著述颇丰，除了俗称“三言”的白话小说集，还创作了相当数量的杂剧、小说和文论。笔者借用了原作中所有主要情节，包括利用两名妓女扮作良家妇女入寺打探。原作的结局是汪大尹下令焚毁寺庙，并将众僧就地斩决，如此操切从事实则为中国古代刑律所不容，因此笔者改为更加微妙复杂的处理方式，并且借用了佛教势力企图凌驾于官府之上的历史背景——这种情形确实在唐代一度出现过，并造成了社会与政治等诸多方面的问题。据史料记载，狄仁杰在其仕途生涯中，确实曾下令拆毁过许多藏奸纳垢、行事不端的寺院，因此安排他作为本书的主要角色，亦非不当。

铜钟藏尸一案的主线来自中国著名小说《九命奇冤》[1]，原书取材于 1725 年前后发生在广东的一桩涉及九条人命的案件，结局依例是在公堂上结案，但笔者改写得更为惊心动魄，并借用了在明清断案小说中时常出现的铜钟题材。

本书第二十四回中鞭打草席一节，出自以下这段

1　作者为吴趼人，又名沃尧，清代小说家，其代表作是晚清“四大谴责小说”之一《二十年目睹之怪现状》。

逸事：北魏时，李惠任雍州刺史，有一负盐者与一负薪者为了一张羊皮而起讼，都说是自己披在背上之物。李惠对一名手下命道："严刑拷打羊皮，即可得知物主是谁。"一应吏员听罢，无不目瞪口呆。李惠命人将羊皮铺在一张席子上，然后再用大棒击打，只见有些许盐粒落下，以此出示二人，负薪者不得不低头认罪。[1]（见《棠阴比事》卷十，高罗佩译，莱顿，1956年）

在笔者看来，西方读者或许会对本书第十三回[2]中写到的两家世仇颇感兴味。就本性而言，中国人相当宽容忍让，大多数争议都可在公堂之外协商解决，但偶尔也会在家庭或宗族之间产生深仇大恨，于是冤

1 四部丛刊续编本《棠阴比事》，商务印书馆，上海，1934年8月。其中有《李惠击盐》，原文如下：后魏李惠，仕为雍州刺史。有负盐负薪者争一羊皮，各言籍背之物。惠谓州吏曰：此皮可拷。群下嘿然。惠因令置皮于席上，以杖击之，见少许盐屑，使争者视之。负薪者伏辜。

2 此处有误，应为第十四回。

冤相报，愈演愈烈，直至悲剧收场，梁林两家一案便是一个典型的例子。类似事件在海外的华裔社区中也时有发生，比如在美国的帮会械斗，以及十九世纪末二十世纪初在荷属东印度群岛[1]的“公司”，即华人会党里发生的内讧式争斗。

1 即如今的印度尼西亚。

# 译后记

张　凌

1941年12月，太平洋战争爆发。1942年7月，荷兰公使馆成员撤离东京。临行仓促之际，高罗佩先生随手拿了几本中文书籍作为读物，其中便有清代公案小说《武则天四大奇案》，正是此书导引了后来狄公案系列侦探小说的创作。[1] 关于《铜钟案》的创作过程，高罗佩先生在自传稿中写道："（1949年）当我看到图书市场上充斥着日本年轻作家所写的关于芝加哥和纽约的三流侦探小说时，决定出版自己的英译本《狄公案》[2]，只为向他们展示在中国古代公案小说里有着何其精彩的素材。我自己花钱出版了这本书，结果卖得很好，六个月之内就收回了成本，还赚到了一笔相当可观的利润。中日作家们很喜欢读这本书，但是并不想亲自创作类似的小说，并坦率地表示对他们而言，这一主题缺乏‘异国情调’。于是我决定自己动手创作，作为尝试写出了《铜钟案》。……做完一个大手术（切除胆囊和阑尾）后，我在军队医院里写出了《铜钟案》的一部分，对于酷刑场面感同身受，写得比较满意，因为手术之后的一段时间非常疼痛！我把书稿拿给一位日本出版商看，他说很喜欢这种风格，但是不能出版这部小说，因为书中对佛教徒有不光彩的描写，而当时佛教在日本非常流行。”此书于1950年3月16日完成。[3]1955年，日译本《つり鐘の秘密》在日本杂志《侦探俱乐部》上分三

---

1 ［荷兰］巴嘉迪，［荷兰］万莲琴著，张凌译：《高罗佩传》，上海译文出版社，待出，第五章。

2 高罗佩先生将《武则天四大奇案》（共六十四回）的前三十回译成英文，命名为《狄公案》（*Dee Goong An*）。

3 《高罗佩传》，第十章。

期连载发表，译者是高公的好友沼野越子（Numano Etsuko），书名意为“撞钟之秘密”。1958 年，荷文版由荷兰范胡维出版社（W. van Hoeve Ltd.）出版，书名为 *Klokken van Kao-yang*；英文版由英国迈克尔·约瑟夫出版社（Michael Joseph Ltd.）出版，书名为 *The Chinese Bell Murders*。

本书中提到的金华与武义，皆在如今的浙江省。金华附近又有浦江县，而浦阳正是浦江的古称。译者根据书中地图上所注的汉字，采用“蒲阳”一名。高罗佩先生虽在前言中说明狄公任职在江苏，地名乃是虚构，但是或许其来有自。高公曾编著《明末义僧东皋禅师集刊》一书，其中记载东皋禅师俗姓蒋，名兴俦，字心越，别号东皋，浙江浦阳人，乃是明末的一位禅僧，后来乘舟东渡，将中国的古琴文化传到了日本。由此猜测本书的荷文本 *Klokken van Kao-yang*，或可命名为《皋阳钟》，后来经由荷兰同道指点，方才得知其实是荷文本书名采用头韵法的结果，即一行韵文或一首诗中几个词的头一个字母辅音不断重复，从而形成的一种韵律。书中人物阿杏与青玉，在荷文本中名为春花、茶花。

本书中的半月街奸杀案，取材于明代公案小说《龙图公案》之第一则《阿弥陀佛讲和》，原作中人名为萧辅汉、萧淑玉、许献忠，因此译者亦参照或沿用。《说文解字》中有“淑，清湛也”，可见作者选定的英文名 Pure Jade 正是“淑玉”的意译。高罗佩先生在另一部著作《书画鉴赏汇编》中，曾详细介绍过书画装裱技术与部件名称，提及天杆在韩语中被称为“半月”（panwol），猜测或为半月街之由来。

后来查得半月街（Half Moon Street）实有其处，位于伦敦中部的威斯敏斯特市，建于 1730 年，英国作家奥斯卡·王尔德曾在其剧作《不可儿戏》（*The Importance of Being Earnest*）中将此街设为剧中人物的住处，英国推理小说家萨克斯·罗默（Sax

Rohmer）曾经在此居住，并将此街写入著名的傅满洲系列小说中，高罗佩先生在1949年出版的英译本《狄公案》前言中亦提及过罗默其人其作，想必这才是本书中半月街的真正来历。另有一件趣事，第二次世界大战期间，著名的“侦探女王”阿加莎·克里斯蒂也曾在此街暂居过一段时间。

1935年，高罗佩先生来到东京，在荷兰驻日本使馆工作，其上司荷兰公使帕布斯特（Pabst）将军虽然很有能力，但是性情严厉、刻板教条。高罗佩先生在自传稿里写道，二人初见时，“他立刻对我说原本期望派来一个有经验的外交人员，并对我吼道，虽然我拥有东方语言学博士学位，但是对日本政治或经济一窍不通，因此我能派上用场的唯一方式是为公使馆管理账目，一旦出现亏空，就要从我的薪金里扣钱。”[1]这一幕与本书第三回中狄公首次升堂理事的情形似乎不

1 《高罗佩传》，第五章。

无相似之处。另外，高罗佩与帕布斯特虽然素不相能，作为使馆人员，二人却住在同一个院子里。高罗佩曾请来一个日本法师“净化”，即给家中驱鬼，因为他认为以前的居住者中有人死于非命，“我希望帕布斯特住的房子开窗户，这样一来，魔鬼就可以进入他家了”。[1]这一细节亦可从本书的楔子中找到类似内容。

关于第八回中提到的“尤物”一词，在此稍加说明。文中《春秋》的英译名为 *Annals of Spring and Autumn*，应是无误，然而“尤物”的英文为 that fey creature，虽然其出处确为“春秋三传”之一的《春秋左氏传》，但是否能作此解，译者当初曾颇为惴惴，后来在高罗佩先生的《中国古代房内考》一书中看到引用《左传》中的一段话，英文为“Woman is a sinister creature, capable of perverting man's heart”[2]，

---

1 《高罗佩传》，第五章。

2 ［荷兰］高罗佩著，李零、郭晓惠、李晓晨、张进京译：《中国古代房内考》，商务印书馆，2007 年，第 20 页。

推测应是“夫有尤物，足以移人”。近日又在高罗佩先生的另一部著作《书画鉴赏汇编》中看到一段注解，由于此书尚无中译本，现自译如下：“‘尤物’通常用来特指女人，出自《左传》中的著名片段：‘昭公二十八年初，叔向欲取申公巫臣氏。其母……曰：女何以为哉。夫有尤物，足以移人。苟非德义，则必有祸。’”此处不但有英文译释，还附有中文原文，其中“夫有尤物，足以移人”一句对应的英文是“Those strange beings are capable of changing the heart of men”。以上三种英译，虽然用词有所不同，然而从其涵义判断，基本可以断定应是“尤物”。另外，《中国古代房内考》第十章中还提到“李渔在《偶寄》的第三节《声容部》中，细致地描写了理想的女人：她的魅力、装束和才艺”。查李渔《闲情偶寄·声容部·态度》，开篇即是“古云：‘尤物足以移人。’尤物维何？媚态是已。……媚态之在人身，犹火之有焰，灯之有光，珠贝金银之有宝色，是无形之物，非有形之物也。惟其是物而非物，无形似有形，是以名为‘尤物’。尤物者，怪物也，不可解说之事也。凡女子，一见即令思，思而不能自已，遂至舍命以图，与生为难者，皆怪物也，皆不可解说之事也”。此处对于“尤物”的解说，尤其是“怪物”一词，十分贴近前面提到的三种英译。

本书第二十二回中，狄公召见梁老夫人，道是发现了一具尸骨，梁老夫人张口便说死者定是梁科发，并主动道出左臂曾经骨折一事，这种力证其死的做法，实在有悖常情、颇可思量。译者在《棠阴比事》中曾读到《张升窥井》一则，其中人物的心理或有相类之处。原文如下：

> 张丞相知润州。有妇人，夫出数日不归，忽闻菜园井中有死人，即往哭之，曰：吾夫也。以闻于官。升命吏属集邻里就验是其夫否，皆言井深不可辨。升曰：众不可

辨，而妇人独知其为夫，何耶？收付所司讯问，乃奸人杀之，而妇人与闻其谋也。

关于本书后记中提到荷属东印度群岛的华人会党，在此顺便说明一下，高罗佩先生童年时曾在印度尼西亚生活过八年，从此对东方文化产生了浓厚的兴趣，并且早在读大学的时候，他与荷兰的（荷属东印度）华人社群便有着广泛的联系。[1]

《铜钟案》虽是高罗佩先生创作的第一部小说，然而在情节构思安排、行文表述与故事进展节奏的把握上，却自始便显示出相当成熟的风格特色，令人赞叹敬服，并且这些长处在后来的作品中也始终保留，使得整个系列小说的每一部都保持着较高的水准。在本书中，不但主要人物狄公及其四名亲随悉数出场，个个生动鲜活，而且某些在其他书中将会再度出现的

1 《高罗佩传》，第八章。

人物也初次亮相，比如丐帮军师盛八与金华骆县令，可见作者自始便有着极其明确的人物设定，对各人的性格特征、命运遭际早早便有通盘考虑，从后来的作品中，足证确实达到了预定的文学效果。林梁氏由妒生恨、以杀子报复其夫的情节，与古希腊神话传说中的美狄亚故事不无相似之处，具有浓厚的悲剧意味。

本书的楔子篇幅较长，情节亦是曲折离奇、颇可玩味，其中提到发生奇事的八月九日，正是高罗佩先生本人的生辰。第九回中，狄公远赴武义与金华拜会同僚的两段经历，写得一简一繁、各具其妙，尤其是风流放诞的金华骆县令，甫一出场便给人留下了深刻的印象，高罗佩先生善于运用白描手法，只用对话和动作来表现人物性格，以形写神，文字简练朴素，突出个性特征，独具匠心，颇多妙笔，也是译者尤为用心用力的章节。第十五回和十六回中，有狄公拜访林帆与林帆到县衙回访的两段叙述，二人互相小心试探，出言含蓄有礼，却又暗藏机锋，读来别有滋味。第二十四回中，狄公审案结束后，场景忽而从蒲阳移到京师长安，通过几个当朝重臣的议论叙说，曲折而隐晦地透露出朝廷上下的复杂情势，手法新颖别致，并且在其他作品里未再运用过。值得注意的是，前文提到的英译本《狄公案》第二十九回有阎立本与几位官员宴饮闲谈的情节，与此处颇为相似，并且这一部分内容不见于如今通行的《武则天四大奇案》。第二十五回中法场行刑的残酷场面，着墨不多却惊心动魄，以声写静，通过类似"蝉噪林愈静，鸟鸣山更幽"的反衬，渲染出肃杀悲凉的气氛，结尾更是深沉有力、余韵悠长，为全书做了完美的收束。凡此种种，足见高罗佩先生在写作上的卓越才能与雄厚功力。

原作于 2018 年 9 月

修改于 2024 年 9 月